10代の自分を最高に好きになる方法

15歳の叫び あんな大人になりたくない

松谷 咲

JN080380

みらい PUBLISHING

はじめに

今の私の学歴は「中卒」。
15歳の高校1年生の6月に、不登校になりました。
そして、同じ年の8月、高校を中退しました。

高校に入学したら、楽しい高校生活が送れる！
そう、思い描いていた生活とは反対に、２０１９年12月に中国武漢から広がった新型コロナウイルス感染症の影響で学校行事は中止になり、日常生活は変わってしまいました。青春と言われている高校生活は、楽しいものではありませんでした。

不安や怒り、先生方への不満。大人への諦《あきら》め。

「こんなはずじゃなかった」

「大人になんて、なりたくない」

そういう気持ちがだんだん大きくなり、高校に行くことが耐えられなくなってしまいました。

不安もありましたが、高校を中退してからの1年で、たくさんの良い変化が起きました。

昔は大嫌いだった自分のことが、「大好き」になりました。

嫌いだった勉強をするのではなく、自分の特技（私は絵を描くのが好きです）を生かした仕事に就くこともできました。

1年前の私には、とうてい想像もできなかった現実です。

今は高校を辞める時の約束だった「高等学校卒業程度認定試験」にチャレンジしようとしています。誰かに言われたからではなく、自分の人生の幅を広げるためにも、「やりたい」と思っています。

とはいえ、今は仕事も忙しいし（帰宅時間は23時）、友達とも遊びたいし、勉強時間がとれないのが悩みの種です。

まだまだ、16歳のガキです。


私たちは縛られたくない。

自分の個性を殺して、押し込められて、生きていきたくない。


自殺を望んでいた友人のこと、絶望させられた高校の先生のこと、親の顔も見たくなくなって家を出た一人暮らしのこと、私と同じ16歳で自立している友達のこと、尊敬できる大人に出会ったこと。

この本では、高校を中退した理由や、学校を辞めてからの1年で私が経験したことや考えたことを書いています。

生意気なこともたくさん書きましたが、16歳の自分の素直な気持ちです。

書店には「生き方」の本がたくさん並んでいます。

でも、それらは大人の書いたものばかりです。15歳、16歳の私たち世代がどのように感じ、16歳の自分が、どのように自分の道を切り開いていこうとしたのかも、大人の人たちには知ってもらいたいと思っています。子育てをしている親御さんや学校で「先生」と呼ばれている人たちにも、何かを感じていただけたらと思っています。

誰かに言われたのではない。
学校で教わった人生ではない。
自分の意志で、自分の個性を最大限に生かしていく方法を見つけたい。

こう考えて過ごした私の1年、ありのままを記録したこの本をきっかけに、誰かの未来が輝くものになったら、嬉しいと思っています。

松谷　咲

目次

Chapter 2

絶望した学校

Chapter 3 大人

周りの大人たちを好きになれず、失望した理由

考え方

Chapter 5 支え
どんな時にも人は支えが必要、感謝の気持ちを伝えたい

Chapter 1

咲

15歳で私が高校を辞めるまで、
そして今の自分

高校を中退してから初めての挑戦は難しすぎる。
私は、今本を書こうとして苦戦しているところです。
本を好きではなかった私が、想像もつかないような挑戦をしています。
何を書けばいいのか、どうやって書き始めたらいいのかまったくわからず
リビングで悩みながら、飼っている猫を見て「猫になりたい」とつぶやいています。

（本の執筆にチャレンジし始めた時の気持ち）

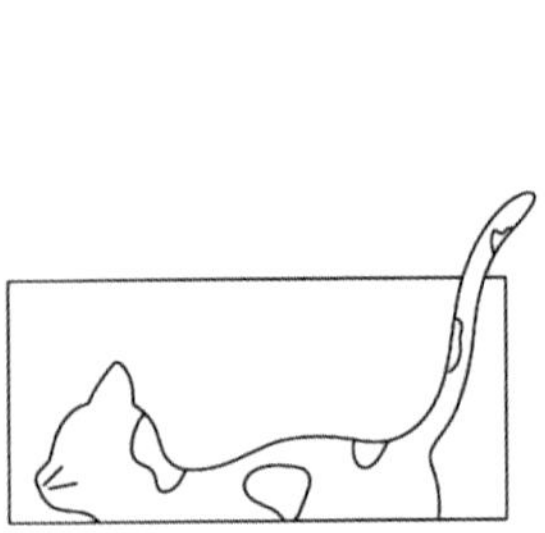

1　高校を中退して、一人暮らしを決めた日

母と対立し、家を飛び出して経験した、大切なこと

15歳で高校中退！

15歳で高校を中退した中卒。それが今の私です。世間的には落ちこぼれです。

保育園では、竹馬に乗って裸足《はだし》で走り回り、野生児として育ち、小学校はお受験をして私立の小学校へ2年生まで通いました。でも、放課後に友達と遊べないこと、勉強ばかりの学校が嫌で、3年生になる時に地元の小学校へ転校しました。

中学校も受験しましたが、全落ちしました。そして、高校は4カ月で辞めました。

ある朝、無理してでも学校へ行かなくちゃと、用意をしている時、私の目から、自然に涙が出てきて止まらなくなりました。頭痛、吐き気、身体のだるさで学校に行けなくなりました。身体も心も壊れていく。

だから、高校を辞めました。辞めても、初めはスッキリしませんでした。何かやらなくては、という焦りばかりがありました。

私が高校を逃げるように辞めた時、

「これからどうしていくのか？」

具体的な目標はありませんでした。

この本も、高校を辞めてから、書くことが決まっていたのにもかかわらず（経緯は165ページにあります）、書くことから逃げて、1年近くが経ってしまいました。

バイトを巡って母と口論に

高校を辞めて5カ月ほど経った頃、私は家を出る決心をしました。

きっかけは、夜の居酒屋のアルバイト。

母から「居酒屋＝水商売」と一方的に反対されました。母にしてみれば、お酒を飲むお客さま相手の夜遅いバイトですから、娘のことが心配になるのもわかります。

でも、そのバイトは、信頼できる先輩からの紹介でもあり、店長さんはものすごくいい人なのに、知りもしないで悪いと決めつけられ、口論になりました。

父は、「いいんじゃないのか。居酒屋のバイトなんて、今時普通だろう」と言ってくれましたが、母は大反対。母の実家では、結婚するまで、夜9時という門限があり、アルバイトも禁止されていたといいます。

母の時代とは絶対に違う

でも、母の時代と今の時代は絶対に違うと思います。そして、母と私も違う。

私は親の言いなりは嫌だと思うし、それでは自分が成長しないと思ったのです。

この件では、両親の意見が違っていたので、怒った母からはＬＩＮＥで、「パパと離婚をしてでも、ママは反対する！」と送られてきました。

そのメールを見た時に、私は絶対に家を出る！　と決心したのです。

2つのアルバイトをかけもちしながら、一人暮らしの計画を立てました。

でも、いざ、アパートを探しても16歳では契約もできませんでした。

「保証人になってもらいたい」と両親に頼みましたが、母は、「咲は女の子だし、まだ早い。出て行かれるのは嫌だ」と、反対しました。父は、「仮にママが反対していないとしても、今回は、お前が自分でどうにかしないといけないと思うぞ」と言いました。

結局、保証人はなんと、21歳になった兄に頼み、6畳一間のワンルームを借りることができました。

甘えていた自分を「いじめる」

前々から、高校を辞めたのに実家にいて甘えてばかりの自分に、イライラしていたのは確かでした。実家でご飯が食べられて、自由な時間に起きて、という生活をしていたら、自分がどんどんダメになっていく気がしていました。

今の自分の環境を変えなくてはいけない。

そのためには、「自分で自分をいじめなくてはいけない」と思っていました。

やらなくてはいけないことがあっても、人はつい先延ばしにしてしまいます。とくに私は、追い詰められないとできないタイプです。わかっているのに、なかなか自分を変えられないし、どんどん時間だけが過ぎていきました。

そんな時、居酒屋のアルバイトの一件が、私の背中を押してくれたのです。

働いてわかった「お金」の大切さ

アルバイトを始めるまで、お金は両親から必要な時にもらっていました。正直、我が家は経済的に恵まれているほうだと思います。

そのせいか、私はお金に関して、かなりメチャクチャでした。

親に内緒でカラーコンタクトや化粧品を後払いで購入して、親のところに弁護士から督促状《とくそくじょう》が届いたこともありました。

そんな時、父は母に「絶対に払ってはいけない。咲が可愛いのであれば、払ってはいけない」と言っていました。

当たり前ですが、一人暮らしを始めることに決めてから、お金を節約するようになりました。一人暮らしをするとなると、すべてのモノを自分でそろえる必要があるからです。

アルバイトに行く時も、お金がかからないように、片道1時間かけて、自転車で通うことにしました。冬場は夜になるとすごく寒くなるので、家に着く頃には手と足の感覚がなくなります。

この一人暮らしを始めるにあたって、一番の悩みは洗濯機でした。ほかの生活家電は、友達からもらったりすることができましたが、洗濯機だけが手に入りません。

洗濯機の値段があんなに高いなんてビックリしました。

コンビニで買うお菓子代、電車代、昼食代なども節約しなくては、すぐになくなってしまいます。

お金を稼ぐ苦労、稼いでも何も考えずに使っていたらすぐになくなること。

実際に働いてからは、お金を無駄使いしなくなりました。

毎日、1日1日と親に頼っていたことが、本当にわかってきました。

1人でどこまでできるのか？

自分では大人だと思っていても、いざ何かをしようとすれば、大人に助けられていたこともわかってきました。

でも、自分だけでもわかることがあります。

「成長のチャンスは、逃しちゃいけない」

これだけは、ものすごく感じます。

だから、自分で決めた一人暮らしのことからは逃げちゃいけないし、やり遂げない

といけない！　母にも、そのことを話しました。母もそれは感じていたらしく、最後は私の一人暮らしを認めてくれて、

「咲の成長のために、ママが子離れしなくちゃね」

と泣いて話していました。

正直、うっとうしい！

と感じる時もありますが、心配してくれることは嬉しくもあります。母には言いたくありませんが。

とにかく、今できることを、少しずつでも頑張っていこうと思っています。

2 自分という「ブランド」をもつ

「世界でたった1人」の自分をとことん愛する

ネットと隣り合わせの私たち

今の時代、インターネットやSNSを通じて、さまざまな人を見ることが多くなっています。私と同世代の人などは、Tik Tok（ティックトック）、Instagram（インスタグラム）、Twitter（ツイッター）などのアプリを通して、世界の人と繋がっていることもあります。

これらは長い年月をかけて作りだされた便利な道具ですが、同時に人を苦しめてしまうものでもあります。

私が小学生の頃には、ＬＩＮＥのステータスメッセージ（プロフィールに表示される短文メッセージ）が原因で、友達と喧嘩になったことがあります。

今の時代は、小学生だけでなく、幼稚園生と思われるような子どもでも、スマホをもっています。私のように、ＳＮＳを巡って、両親や大人の人たちに相談できない揉め事なども起きていると思います。

自分と他人を比べて落ち込む

インターネットと常に隣り合わせの私たちは、同時に他人とも隣り合わせです。

インターネットを通じて、あの人の顔がいい、あの人のスタイルがいい、あの人の性格に憧れるな、と思うことは、日頃からあります。

普段の生活でも、どうしても他人と比べてしまう。

他人の良いところと自分の悪いところを比べて落ち込んでしまう。

自分の容姿が嫌。

自分の性格が嫌。

自分の環境が嫌。

しかし、時間が経つと、やっぱり私は私がいいなと思います。

そう思えたのは、自分自身を一番愛してあげようと決めて、自分に自信をもてるようになってからです。

高校を辞めて何もかも嫌になってしまった時期、私は何事も深く考えないようにしました。それは、考えるのをやめようというのではなく、もっと生きることを気軽に楽しもうと思ったのです。

自分中心で生きようと思ったのです。

自分自身を一番愛し、大切にしてあげようと思ったのです。

そう考えるようになってから、自分を誰かと比べてしまう時、自分自身を否定しているようで、自分がかわいそうになりました。

子どもの頃に転んで膝《ひざ》から血が出た時、私は自分のことがかわいそうになり、泣きそうになりました。子どもは自分のことを愛しすぎるあまり、自分しか見えていません。でも、そのぐらい素直に自分のことを愛しているほうが、自分にとっては都合がいいのだと思うのです。

もし、自分が誰からも愛してもらっていないと思っているのであれば、自分が自分自身を死ぬほど大切に愛してあげればよい、それがチャンスだとも思います。

「世界で1人だけの自分」に誇りを！

周りの人から助けてもらうことはできても、自分は自分でしか変えることができません。でも、精一杯努力して変われなかったとしてもよいのです。それは生まれもった「世界で1人だけの自分」という目印なのだと思います。

コンプレックスがあっても、何もできない自分であっても、結局、世界でたった1人の自分です。他人とまったく同じになることはできませんし、なりたくもないと思っています。


どうあがいても、自分は自分。

自分を見失いたくないのです。


今、私は「自分というブランド」を掲げて生きています。

自分の良いところは、自分が一番知っているはずです。

同時に自分の悪いところも、自分が一番知っているはずです。

自分の良いところも悪いところも、何もかもすべてひっくるめて、「自分というブランド」なのだと受け入れています。

正直な話、これは開き直りなのです。


「今の自分が一番好き」

「芸術（今、頑張っている仕事）で人を幸せにする」

この2つが、私のブランドです。

3　高校1年の不登校時に、プチ整形

コンプレックスだった一重の目

私は他人と自分の容姿を比べて、「なんでこんなに自分は醜いのだろう」と悩んだことが何回もあります。それで私は、精一杯変わる努力をしました。高校1年生の不登校時に、私はコンプレックスだった一重《ひとえ》の目を二重《ふたえ》に整形しました。

私は小学校の時から、よく、「目つきが悪い。にらまれる。重い一重」と言われていました。

私が、今の自分のことを好きになれたのは、整形をして理想の目になったことも大きいと思います。なので、私が誰かのことを「ありのままのあなたが一番きれいだよ」と、胸を張っては言えません。

変えようとする意識がカッコいい

今の日本は、整形をしていることを公にすることが難しい世の中です。昔よりは整形という文字が身近になっているかもしれませんが、なかなかシビアな部分がありますす（ですが、意外と整形をしている人は多くいます）。

なので、他人に整形することを勧めようとは思いませんが、もし自分の顔にコンプレックスがあるなら理想に近づけることも、全然いいと考えています。

「整形をしている」と言うと、肯定的ではない人も、いるかもしれません。

「自分の体だし、お金を払って、美しくなるために痛い思いをしているのだから、いいじゃない」と言ったところで、反対する人もいるでしょう。

でも、自分を変えようと思うその意識こそが、私はカッコいいと思います。

整形したからといって、みんながみんな変われることはないと思います。

他の人は、私にはなれません。私も他の人にはなれない。

だから、前に話したように、どんな時も、「世界で1人の自分」を貫いて、自分を愛してあげよう。そう、心の隅っこに置いておくだけで、生きる活力になるのでは、と思います。

自分を騙《だま》す、肯定的に考える

先日、私は友人と夜、食事を食べに行きました。その友人は本当に美人で、内面の美しさが顔にあらわれていて、とても同年代とは思えないほどです。でも、

「自分の顔が嫌で嫌でたまらない。美人なお姉さんたちを見ると、自分の顔がブスに見えるので、早く整形をしたいと思っている。自分の顔を見るのが嫌で、見るたびに病んでしまう」

そう私に言います。

友人はアパレル業界で働いていて、年上のお姉さん方とかかわる機会が多く、写真などを見せてもらうと、たしかに本当に美しい同僚の方ばかりでした。

でも、私は、**誰かを見て羨《うらや》むのではなく、憧れの人と自分の共通点を探し、その共通点を伸ばそうと努力すると**、勝手に自分の他の部分も磨かれるのではないか、と思っています。

だから、私が友人に伝えたのは、

「まずは自分が世界で一番美しいんだと、自分を騙そう。『可愛いね』と褒《ほ》められたら、今までみたいに『そんなことないですよ』と返すのではなく、『ありがとうございます』と言うようにする。**自分だけは自分自身を否定せず、肯定的に考えてあげるようにしよう。**自分自身のことを愛せない人が、誰かに愛してもらうなんて難しいこと。自分を愛している人は、誰よりも魅力的に見える」

ということでした。

これは、日頃から、自分に言い聞かせていることだからです。

4 小学校から受験してきた私が高校を辞めた理由

私立小学校の転校、中学受験の失敗、そして

親の思いは伝わりづらい⁉

先日、母と少しだけ喧嘩になりました。きっかけは、私が、

「学校を辞めた理由の1つは、母親の勉強へのプレッシャーが大きかった」

と言ったからです。母は私の言葉を聞いて驚いたそうです。

「あなたには、勉強をさせるために私立に行かせたのではなく、自由な環境や、いろんな人を見て欲しかったから」と伝えられました。

よくよく思い出せば、そうだった……。幼い頃の記憶は曖昧になる。

私立小学校から2年で転校したわけ

母には、このように子どもに良い教育を受けさせたい、という思いがあったので、私は私立小学校を受験することになりました。

保育園では、とてものびのびと遊び、虫を食べていたり（！）、パンツ一丁で駆け回ったり、THE野生児という感じで過ごしていました。そんな5歳の野生児に、お受験のためだからと、いろいろなことを暗記させるのは本当に大変で、勉強は母と私のチームプレイだったと思います。

毎日、保育園が終わると塾に通い、その成果もあって無事、私立小学校に合格。

ところが、いわゆるお金持ちの人が通うような小学校だったので、野生児のように育った私は、周りと同じ遊びや立ち居振る舞いができず、とても窮屈《きゅうくつ》でした。

そんな私が私立小学校に6年間も通えるはずもなく、小学3年生になった時、中学校は私立に行くことを条件に、公立小学校へ転校させてもらえることになりました（ほかの理由は76ページにも書いています）。

公立小学校での母の心配

保育園が同じ子もいたので、転校先の小学校に慣れることに時間はかかりませんでした。そして、初めて親友と呼べるRという友達に出会うことができました。しかし、Rと遊んでいた私が、髪を染めたり、ピアスを開けたりし始めたため、母に、「もうあの子とは遊ばないで」と何回も言われました。

今では、母はその子を気に入っているのですが、小学校で一番辛かったのは、自分が一緒にいたいと思う子とも遊べない、友達のことを母にけなされる、ということでした。

でも、そんなことで友達との関係を絶つわけもなく、反抗し続けて遊んでいました。今でもそうですが、私は友達がいないと本当に何もできません。

そんな大切な友達を悪く言われ、何度も母と喧嘩しました。

小学校では楽しいことも嫌なことも同じくらい経験し、自分にはお互いが必要と思えるRのような友達が必要だ、と小学生ながらに思っていました。

中学受験は全落ちしたけれど……

そして、4年を経て中学受験。

ずっと楽しみにしていた、小学6年生になると行われるスキー林間合宿は、ちょうど受験日とかぶっていました。小学生の私からすると大ダメージでした。

そんな代償を払って受けた私立中学校は、半年間塾にも通い、できる限りの勉強はしてきたつもりだったのですが、4回受けて見事全落ち。

「悔しい。もっと勉強しておけばよかった」と思うよりも、「絶対ママに何か言われる。また怒られる、どうしよう」という思いが強かったです。

しかし意外と、「そっか。中学校では常に上位にいるようにして、高校受験で頑張ろう」とあっさり言われました。

「怒られなかった、よかった」と思う半面、私の中では、[illegible]かなければいけないというプレッシャーが大きくなっていきました。

小さい頃、私は母に「将来は何になりたいの?」と聞かれると、「ママと同じ歯医者になる」と、よく言っていました。それは、母と同じ職に就きたかったからではなく、母がそう言うと、喜んでくれたからだと思います。

中学に入ってからは、新しい友達もでき、今までの人生の中で一番楽しい3年間を過ごしました。

夏休み明けに「もう無理」だと中退

私は、小中高と受験をしてきました。お金にも困らず、恵まれた環境。そのまま進学して、大学に行くと思っていました。しかし、私は進学した高校では勉強を続けていけないと思い、中退という選択をしました。

中学校や進学塾では良い先生に恵まれ、勉強をしたいと思うこともありました。

でも、高校は思っていたものとは違い、生徒のことは二の次で、私は耐えられなくなりました。勉強が嫌いになり、学校に行くのも嫌になりました。

友達がいたこともあり、1学期まで通っていましたが、夏休みが明けると、どうしても学校に行きたくない、と思いました。

学校に行かなければいけないと思うと、不安で胸が苦しくなりました。母に泣きながら行きたくないと、訴えた朝もありました。

この時の私は、まだ自分のしたいことがなく、とりあえず〝学校に行きたくない〟で頭がいっぱいでした。


学校に行かない日々を続けていたある日、父から、

「もう学校を辞めるのなら、明日先生に電話して、退学届を出しに行っておくぞ」

と言われて、私は一気に心が軽くなりました。母も賛成してくれ、これでやっと学校に行かなくてすむと思うと、解放感でいっぱいになりました。

学校を辞めることを認め、支えてくれた家族には感謝しかありません。

5　マジ、友達が大好き！

嫌なことも、友達がいたから、吹き飛ばせた！

一番依存しているのは友達

人は何かに依存していなければ生きていくことができません。
私の場合、依存しているのは友達です。
私は本当に、友達に恵まれていると思います。
どんなに嫌で仕方ない状況でも、友達といれば何もかも吹き飛んでしまう。
私は、常に楽しい状況を求めているんだと思います。

勉強でも仕事でも遊びでも、何でも楽しくなければ長く続かない。

友達といる時、私は面白くないなんて思ったことがありません。

中退後、SNSで友達が増えた

そして、友達といると、ただ楽しいだけではないのです。

高校を辞めたことで、SNSを通してたくさんの友達が増え、かかわりも増えました。ほとんどが友達の友達という感じです。

友達が増えると、少し遠くに出かけていて困った時には、近くに住んでいる友達に連絡して助けてもらえたりします。

本当に困った時は、どんな無理難題でも、仲良い子ならすぐに駆けつけてくれる。

「マジで助けられたな」という時には、本当に友達がいてよかったと思います。

逆に、友達からSOSがきた時には、私もその子のために、何か役に立ってあげたいと思っています。これが友達同士の助け合いだと思います。

お互いのSOSを拾い合える仲間

もちろん、友達には精神面で一番助けられています。

SOSを出した時に助けに来てくれるのはもちろん、何か嫌なことがあったり、気分の落ち込むことがあったりすると、一番に相談するのは地元の友達と、高校から知り合った仲のいい子です。

友達から、いつも私はいろんなことを学ばせてもらっています。

自分が「絶対こうだ」と思っていたことも、友達が違う方向から見るとそんなことはなかったり。育った場所や環境が違うからこそ、考え方や捉え方もまったく違います。そんな人たちと交流することで、見える世界が変わりました。人生を充実させることができました。

6　そして、これからのこと

可能性を広げるために、「高等学校卒業程度認定試験」を受ける

「高等学校卒業程度認定試験」を受ける！

私は中卒です。正直、高校中退を決断したことで、この世間では生きづらい部分も多くあります。困った時に、学歴で相手にしてもらえないこともあります。

なので、高校を卒業していなくても、高卒と同じ学力があると認定してもらえる、国家試験の「高等学校卒業程度認定試験」（略して「高認」「高認試験」）を受けます。以前は「大検」（大学入学資格検定）と呼ばれていたものです。

この試験では、病欠などで単位が足りない科目がある場合、校長の判断によって、高認試験で合格した科目の単位を学校に認めてもらうこともできます。

高認試験に合格できれば、私のように学校が合わずに中退した時も、大学や専門学校への進学の道が開けます。

高校を卒業した人と同等の資格が得られますが、「高校卒業という資格」を得られるわけではありません。

高卒やその上の学歴を得たい時は、高校に行き直して卒業するか、高認試験に合格したあと、大学や専門学校に進学する必要があります。

試験は年2回、8月と11月

文部科学省のデータによると、高認試験の合格率は、令和4年度（２０２２年度）で46・４％、令和元年度（２０１９年度）で45％、平成30年度（２０１８年度）で

４３・５％となっています。

一見低く見えますが、これは高認試験での全科目に合格した人の割合です。高認試験では、不合格になった科目は改めて受けられるので、一度にすべての科目に合格する必要はありません。平成30年度と令和元年度に行われた高認試験では、１つ以上の科目に合格した人の割合は、90％前後あるそうです。

また、合格した科目は次の試験からは免除となります。

出題内容は基礎的なもので、試験は年に2回、８月と11月にあります。

年齢が16歳になる年度から受験が可能です。

受験の申し込みは、スマートフォンやパソコン、電話などで簡単にでき、受験料は全科目受けても８５００円。１～３科目であれば４５００円、４～６科目なら、６５００円です（すべて２０２３年5月現在）。

こんなふうに高校を中退しても、高等学校卒業程度認定試験があるので、行きたい大学に進学できます。

私はこの高認試験を、来年、受けるつもりです。

まだ行きたい大学やしたいことが決まっていないので、大学に行くかどうかわかりませんが、自分のこれからのチャンスの幅を広げるために、[illegible]したいと思っています。

海外へ留学したい

19歳になったら、アルバイトで貯めたお金で、カナダへ1年間留学したいと思っています。

日本で暮らしているだけでは気づけないことや、海外に行ったからこそ身につけられることがあります。さまざまな刺激を受けてきたいと思います。

そして、さまざまな人と出会い、「あなたに出会えてよかった」と、思われるような人になることが、私の今の目標です。

Chapter

2

絶望した学校

高校はどこがイヤで、
なぜ中退を選択したのか？

高校に入って私の心に湧きあがった言葉があった。
「なんか大人になりたくない」
高校に楽しそうに通っている兄をずっと見ていた私。
高校へ行けば青春を謳歌できると思い続けていた私は
理想と現実のギャップに絶望を覚えた。
中学までは良い環境に恵まれ、頼れる大人も周りにいた。
そんな私が高校にあがって最初に見た大人は……。

1　学校は子どもの表現力を壊す

「自分を好き」になるには、個性を認められる環境が必要

「自分のことを好き」と思いたいのに

学校の教育現場では、個人の自由が縛られています。

「この校則、絶対意味ないじゃん」と誰しも、一度は思ったことがあると思います。

髪をツーブロックにしてはいけない、ヘアアイロンを使ってはいけない、眉毛を整えてはいけない、キーホルダーは1つだけ、靴下は指定のもの、髪が肩にかかったら括る。染髪禁止や制服着用、ピアス禁止も、生徒にとっては意味のない規則です。

だと思います。「自分のことが好き」と思えれば、自分自身を肯定し、魅力的に感じ、より人生を楽しむことができます。

でも、その元となる個性や考えを縛りつけているのは学校です。それぞれ好きなものは違うのに、同じ服を着て、同じ靴を履き、同じ髪型にするのです。

どうしてですか？

なぜ、校則がある？

私の小中高校での校則を紹介したいと思います。

1　地毛でも、赤髪や茶髪は黒染めする
2　肩より下は、髪の毛を束ねる
3　下着の色は白にする

4　爪は、手のひらを向けた状態で指先から出てはいけない
5　靴下は白の無地。または学校指定もの
6　眉毛を整えてはいけない
7　手提げ・ヘアゴムの色は、紺か黒
8　髪の毛を2回以上束ねない（ツインテールやアレンジは禁止）
9　寒くてもコートは禁止
10　靴は白で無地。紐靴でなければならない

私はある時、「なぜ校則があるんですか」と、先生に尋ねました。

「社会に出たら、いろいろなことに役立つから」

「規則は規則、ルールを大切にできるように、練習だ」

と、先生は言いました。

正直「は？」ですよね。

この大事な輝かしい10代の間にしたいことをしないでいつするんですか？

たしかに、先生が言うように、社会に出ると第一印象が大切になります。

ですが、学校では化粧をするなと言われ、社会に出ると、化粧をしろと言われます。社会で求められる服装や髪型は、学校とは違います。社会人になってからも必要とされる身だしなみは、校則の中にはほとんどない気がします。

それに、身だしなみだけでも、学ぶためには必要のないものばかりですよね。私たちには、そう思えてしまいます。学校は、本来学問を学ぶ場所であって、生徒を縛り、我慢を教える場所ではないはずです。

校則によって自由や個性を奪われ、やる気を奪われ……。先生に理由を質問しても、納得できる答えは返ってこない。そのような状態だから、学校に絶望して、辞めていく人も多いのだと思います。

私たちは個性を発揮したい

自分のしたいスタイルで学校に通うことができれば、生徒は、もっとどの場面においても活気が出てくるはずです。一人ひとりのスタイルや好みが違うにもかかわらず、統一しようとすることに、私は疑問を抱きます。

学生の時から自分のしたいことを押し込められていては、個性が殺され、「世界で1つだけ」の自分の個性に気づけないまま大人になってしまうと思います。したいことがあるにもかかわらず、我慢することに慣れて、したくないことをして人生が終わってしまうことを、私は望みません。

私は、1日のほとんどの時間を過ごす学校で、個性が発揮できないという息苦しさも、若者の自殺の多さにつながっている気がしています。

世界中で、ピアスをしているからヤンキーだと思われるのは、日本だけだと聞いたことがあります。海外の学校を見ても、生徒たちの格好は本当に自由です。

学校が、もっと個性を発揮できる場所になれば、今の若者も日本という国に希望をもてるようになり、日本の未来も違ってくる気がします。

2 期待はずれだった高校生活

特進コース以外の人は……？

私は小学生、中学生の頃から高校生に憧れていました。可愛い制服姿で登校し、息の合う同級生と仲良くなり、楽しい時間を過ごして、放課後にはどこかに寄り道する。そんな高校生活に憧れ、早く高校生になりたいと思っていました。

しかし、いざ高校に入学すると、思っていたものとは違うことだらけでした。

私は私立高校に進学したので、校則も厳しく、友達が行っている公立高校とは違う部分が多くありました。

高校は、特別進学コースなどのコース別に分かれていました。

先生は、「下のクラス」の生徒を差別する、挨拶を返してくれない、見下す、執拗に怒る。そんな先生方に授業など教えて欲しくない、と思いました。

中学校の時は、3年間担任だった大好きな先生がいました。その先生はいつでも生徒の味方でいてくれた優しい人です。中学校では先生にも恵まれ、良い環境にいただけに、理想とは程遠い高校生活に直面するたび、「こんな高校に入らなければよかった」と思うようになりました。

食べる気もなくなる昼食時間

期待はずれだったことは、それだけでありません。

私が高校に入学したのは、ちょうどコロナ禍の時でした。

学校に行っても、マスクのせいでみんなの顔がわからず、コロナ禍ならではの「マスク詐欺」という言葉も流行っていました。

普段マスクを外さないので、みんなクラスメイトの目元を見て、想像で顔を作ります。それでいざ、自分がマスクを外すと、「そんな顔だったの？」と、周りから想像と現実のギャップに驚かれる。そんなことを気にして、みんななかなかマスクを取りたがりませんでした。昼食の時も、顔を見られるのが嫌で、コミュニケーションをとらない人も多くいました。

コロナ禍の高校では、昼食も友達と食べられませんでした。

食べる時は前を向き、しゃべることは許されません。

昼食中、沈黙の教室で私たちは、コロナ禍という現状に苛立ちを覚えていました。

何も楽しくない。


ある日、いつもより早くご飯を食べ終わり、昼食中の友達の席まで行くと、先生が、「まだご飯を食べている人と話すな！」と大きな声で注意してきました。私に対してだけではなく、「おい！　○○（呼び捨て）！　友達がまだ食べてんのに、しゃべりかけんな！」と大声で怒鳴ります。とても昼食を楽しく食べる雰囲気ではありません。

バカバカしくなって物を言う気力もなくなり、反論すらしませんでした。

こんなことで注意する先生も大変だな、と思おうとしましたが、こんなことを言って怒鳴りつける先生が、ますます嫌いになりました。

理不尽にキレる先生方

理不尽にキレる先生もいました。友人と休み時間、廊下で談笑していると、職員室からいきなり先生が飛び出してきて、

「お前ら！　俺ら教師は仕事してるんだ。静かにしろ！」

と、声を荒らげてそう言いました。

授業中でもなければ、休み時間に大きな声を出しているわけでもないのに、先生は私たちによく怒鳴ることがありました。特定の生徒に目をつけて執着し、休み時間になると、わざわざ注意しにくる先生もいました。

そんな学校生活は、当然充実したものとはならず、友人や先輩の中にも、「高校生活はこんなはずじゃなかった」と言う人がたくさんいました。

同じ地元で、別の学校に通っている友達も高校生活には失望していたようで、

「インスタとかでは、楽しそうなストーリーをあげているけど、正直、学校ほんまに楽しくないし辞めたい」

と言っていました。

その友人は、Instagramなどで見ると、表面上は楽しそうなのですが、実際に話を聞いてみると、悩み事が多くあるようでした。

失望が大きすぎて転校も諦めた

私は、こんながんじがらめの縛られた高校生活があと2年半も続くと思うと、気が狂いそうになりました。

「私にはもうこれ以上、絶対続けられない」

と思い、学校を休むことが多くなったので、出席日数は減っていくばかりでした。

転校しようかな、と思った時期もありました。しかし、別の高校を受け直したところで、また同じことの繰り返しになるかもしれません。そうなるのなら、今と変わらないな、と転校も諦めました。

私の期待はずれの高校生活は幕を閉じました。

3　大好きだった先生方は、どこが違う？

一人ひとりに真剣に向き合ってくれるかを生徒は見ている

厳しいけれど、向き合ってくれた塾の先生

私は、高校受験をする時、塾に通っていました。

その塾は、地元ではスパルタで有名で、塾長も少し怖い人でした。塾長は、元サッカー選手で、私の父と似ている体育会系の熱血タイプ。

生徒のためにオリジナルのカリキュラムを作り、わかりやすいテキストなどを作成して、個々の生徒の能力に合わせて、授業がわかりやすくなるように工夫してくれて

いました。生徒にやる気を出させ、勉強時間を楽しいものにしてくれていたのが塾長でした。受験勉強が嫌だった時に、モチベーションを保つことができたのは、塾長が生徒一人ひとりを真剣に見て、向き合ってくれていたからだと思います。

生徒数が少なかったわけではないのに、寝る間も惜しんで生徒に向き合ってくれていた塾長。そんなふうに子どものために全力で取り組んでくれた塾長に出会えたことは、今振り返ると、本当に奇跡だったと思います。

塾長のおかげで、苦手だった教科や、興味がなかった教科も、楽しく取り組めるようになりました。勉強が楽しいと思えるようになっていました。

好きな教科が嫌いになった高校

私は中学1年の冬、オーストラリアに1カ月だけ短期留学したことがあります。ずっと英語が好きで、得意科目でした。

しかし、高校に行って、苦手だった担任の先生が英語を教えるようになると、英語が大嫌いになりました。どんなに好きな教科であっても、嫌いな先生から教われば、まったく楽しくありません。学習意欲がそぎ落とされ、勉強するモチベーションがなくなります。

子どもは、好きな先生から教われば、嫌いな教科も好きになれます。これは大人も子どもも同じではないでしょうか。

私が通った高校は、自分が望んでいたものとは違い、私は絶望するしかありませんでした。逃げ出すしかなくなっていました。

一人の人として愛情をくれた中学の先生

学校生活は、先生で決まる。

決して大げさではないことを、わかってもらいたいです。

中学の3年間は、同じ女の先生が担任でした。大好きで信頼できる先生です。

その先生は、私のことをいつもよく見てくれていました。

「松谷の良いところは、明るいところだな」

「松谷がいないと困るから」

と、何かにつけ褒めて、頼ってくれました。

高校では先生に反発ばかりしていた私でも、その先生に対しては、素直な気持ちで接することができました。それは、生徒である前に、1人の人として、愛情を注いでくれたからです。生徒をきちんと心の目で見て、私が落ち込んでいる時も、嬉しい時も、声をかけてくれました。

大好きな先生だから頑張れる

どんな些《さ》細《さい》なことでも、先生から声をかけてもらえるのは、生徒にとって本当に嬉しいことです。

しかも、「松谷の〇〇はすごいな」と、褒めてもくれます。

中学2年生でダンスに取り組んだ時には、コロナ禍の中、ダンス経験者だった私が創作を任され、自分が踊っている動画を送って、クラスメイトに教えました。

クラスの女子全員で踊ったそのダンスは、大成功！

先生は本当に感激して全身全霊で喜んでくれました。

「松谷のダンスには華があるな。みんなにダンスを教えてくれてありがとう。先生は本当に鼻が高かった」

と、愛情を込めた感想を届けてくれました。

私も大好きな先生に頼まれたことだから、頑張ることができました。

先生と生徒で立場が違うとしても、相手を尊重し、丁寧に扱ってくれることは、子どもにとって、大切なことだと思います。私が通っていた地元の中学校には、そんな温かい先生がいました。

中学生活は、大好きな先生に出会えたことで、素晴らしいものになりました。卒業式の時は悲しくて、みんなで泣きました。地元の友達には会おうと思えば会えるけれど、先生と離れるのが寂しいと思いました。

でも、今も定期的に中学校へ先生に会いに行っていますし、これからは女性同士としても仲良くなれると勝手に思っています。最近聞いた噂によると、先生は結婚されたそうです。また、近々会いに行きたいと思っています。

先生に出会えて本当に幸せ！

高校中退と聞けば、世間一般には「人生の落ちこぼれ組」と思われます。

私が高校を中退したことを中学に報告に行った時、多くの先生方は、「これから先、高校行ってなかったらしんどいから、絶対、高校くらいは行ったほうがいい」と、心配を口にされました。

でも、その先生だけは違いました。私の顔を見るなり、真っ先に、

「松谷の高校を辞める勇気すごい。自分のしたいようにし」

と、肯定してくれたのです。そして、

「心配かけんなよ〜。でも松谷なら大丈夫だな。先生は何も心配していないよ。松谷がすごいことを知っているから」

と笑顔で言ってくれました。

そんなふうに言ってくれる先生に出会うことができて、私は本当に幸せ者です。今もときどき、地元の中学校へ先生に会いに行きます。気持ちが落ち着くし、元気になる！

先生に会う時は、心の中で、「ありがとうございます。これからも大好きな私の先生でいてください。ずっと、いつまでも」と、いつも思っています。

4 高校で勉強する目的を見失ってしまった

学ぶ理由がわからなくなると、勉強はどんどん苦痛になる

勉強することが死ぬほど嫌に

私は、勉強が嫌いで仕方ありませんでした。

私立小学校を受験した時は、母親と共同作業のような感じで勉強していたのと、幼かったこともあり、勉強したこと自体、あまり覚えていません。でも、中学校受験の時は、塾に行くことがいつも憂鬱でした。

小学校6年生になると、毎日放課後、塾に通い、夜22時ごろまで勉強をしていまし

た。もちろん、友人がいて楽しいと思うこともありましたが、問題を理解することができない時は、もう投げ出したくて仕方ありませんでした。

私が初めて勉強が楽しいと思えたのは、高校受験をした時の塾でした。

塾では、問題をただ解き、間違えたらやり直すというのではなく、新しい単元に進む時に、前の単元の復習をしながらその問題の本質を理解するという勉強法をとっていたからです。また、前述したように塾長は素晴らしい方でした。


高校に入ったら大学進学を目指して、勉強に力を入れようと思っていた私でした。

しかし、高校で授業を受けている時は、

「こんなことをしていて、何になるんだろう」

「こんなことを学んでも実際使わないし、聞いていても仕方ない」

としか思えなくなっていきました。

勉強自体に興味がなくなり、次第に学校にも興味がなくなりました。

学校に行くことが苦痛になり、学校に通う目的が、消えていきました。

こんなに嫌な勉強を、3年間も続けられない。

大学に行って、また何年間も耐えられない。10年も勉強をしていてできないなら、もう自分には勉強をする才能はない、とすら思い始めました。

私は勉強することを心の底から嫌いになり、諦めてしまいました。

得意なことは人それぞれ

なぜ学校では、数学や国語のように、決まった学科を重視して学ばせるのか不思議です。

人それぞれ学びたいことは違うだろうし、暗記が得意な人もいればスポーツが得意な人、手先が器用で物作りが得意な人、コミュニケーションが得意な人、絵を描くのが得意な人など、いろいろな人がいます。

高校というのは、大学進学へ向けて自分の得意なことを探して、伸ばせるところだと思っていました。大好きだった中学校や、オーストラリアに留学した時の学校とのギャップも感じていました。

みんなが一律に勉強に力を入れ、学ばせられることはおかしいと思います。

なぜ、勉強だけが重視される？

そして社会に出ると、良い大学に行った人が優遇されるのも、おかしいという気がします。わかりません。

「あなたの学歴は何ですか」と聞かれて、「中卒です」と答えると相手にしてもらえないことが多い世の中です。

中卒というだけで、のです。

しかし、私はまだ16年しか生きていませんが、勉強ができているだけで、人とのコミュニケーションがとれない人、空気が読めない人、不器用な人もたくさん見てきました。

勉強ができる人は、私からすると、本当にすごいと思いますし、羨ましいです。

しかし、人を下に見る人は、勉強と同じくらい嫌いです。

やりたいことを見つければ、学びたくなる

嫌で嫌でたまらない。

どうにかして、学校には行きたくない。

そんな時、最悪なのは、我慢し続けることです。

自分が我慢していれば、学校の先生はそれでいいかもしれませんが、自分も周りの人も不幸になってしまいます。

今の学校が大嫌い、先生も大嫌い、勉強も大嫌い、というのであれば、思い切って転校する選択肢もあると思います。

外国の学校へ行くのもよいでしょうし、私のように高校を中退して、高等学校卒業程度認定試験（45ページ参照）を目指す道もあります。

今は死ぬほど嫌な勉強でも、環境や出会う人が変われば、また勉強したくなることもあると思います。父は、よく、

「パパも勉強なんて嫌いだったけど、不思議なもので、〝勉強したい！〟と思う時期がくるんだよ。パパもそんな時期があったし、今も楽しく勉強している。咲はそれがいつになるかわからないけど、楽しみだな」

と話してくれます。父も母も、仕事をもち、家庭をもってからのほうが、学生の頃より勉強しているそうです。


自分が心からやりたいことを見つければ、自然と学びたくなります。

今の私も、仕事を学ぶことがとても楽しくて、自分でも驚いています。

夢中になれる仕事のおかげで、私は将来の夢ができました。

海外の素敵な人ともたくさん交流したいので、英語などの語学もどんどん学びたいと思っています。

5　まったくやる気が起きなかった教育方法

小テストの繰り返し、受験技術を教える授業はつまらない

小テスト、小テスト、小テスト！

とりあえず、高校は勉強がすべての学校でした。

私の高校では、コース別で授業の進むペースや環境が異なっていました。

朝8時に登校して、8時半まで自習をし、それから小テストがありました。小テストで8割以上の点数がとれない場合、放課後、できるまで居残り勉強でした。それが毎日続けられ、小テストの結果が廊下に貼り出されます。

授業中も毎回小テスト。とりあえず、テスト大好き、勉強大好きの高校です。

夏休みがないということでも有名な学校で、地元の高校生の間では別名「牢獄」と呼ばれていました。

知識を詰め込まれるだけで、学ぶことへの興味をもたせようという意識は、私には感じられませんでした。

なぜ？　私立小学校では校庭遊びが禁止に

私が辞めた私立小学校は、
小学生なのに、外で遊ぶことを禁止されてしまったのです。
それまでは、休み時間に外で友達と鬼ごっこをするのが大好きでした。
その時間を奪われ、勉強だけに囲まれる環境になりました。
勉強が好きな子には最高の場かもしれませんが、私は一切好きにはなれませんでした。環境も学校の考え方も、何もかも合わなくなったのです。

学校の方針が激変したので、私の他にも辞めた生徒が多かったそうです。

まだ、たった7歳。休み時間も勉強なんておかしいです。

私は、自然の中で野生児のように裸足で育ちましたから、そういう環境が自分にはまったく合わず、私立小学校を辞めました。


地元の小学校と中学校は、比較的自由でした。公立ということもありますが、私の住んでいるところは生駒《いこま》山という山のふもとで、自然がいっぱい。

中学校は、花園ラグビー場の近くにあったので、中学校のラグビー部も強く、先生も体育会系の性格がさっぱりした優しい方が多くいました。

先生方の「やる気」は生徒に伝わる

前にも話しましたが、高校受験をした時の塾では、いつの間にか勉強したいと思えていました。高校との差を考えてみると、やはり先生のやる気は生徒に伝わっていると思います。

学校では教育課程に従って授業を進め、生徒の人数が多い分、一人ひとりに向き合うことが難しいというのも、理解はできます。

一方、塾では、生徒が塾に合わなければすぐ辞めるため、一人ひとりに向き合い、生徒にわかるように教え、楽しんでもらおうという意思が働きます。それが、生徒にやる気を起こしているのだと思います。

高校の授業を聞いていてわかったのですが、先生にやる気がなく、淡々と授業を進めているだけでは、生徒は「これって、なんか意味ある？」と思ってしまうんです。

先生方は、教師という仕事を選んで生活をしているはずです。

であれば、先生方もやる気を出して、自分の背中を見せて私たちを引っ張っていって欲しいのです。

そして、勉強に意欲をもたせたいと願ってくれるなら、勉強だけで環境を固めるのではなく、授業以外は自由にさせて欲しいというのが、生徒の思いだと気づいてもらいたいです。

先生方には、**一人ひとりの得意なこと、興味のあることを見つけ、学ぶための支援をして欲しい。**愛情がない先生はいらない。愛情にあふれ、厳しいけど優しい、人間味のある人にそばにいて欲しい、と思っています。

6　海外の学校・教育環境の素晴らしさ

中学1年で経験したオーストラリア留学

コロナ禍が始まる少し前、中学1年の冬に、私はオーストラリアのゴールドコーストに1カ月だけ留学しました。現地の留学生用のスクールに行き、いろんな国の人と授業を受け、さまざまな文化やコミュニケーションを学びました。

私がホームステイした家は海のすぐ近くで、部屋からは海辺が見えました。マンションの下には大きなプールがあり、みんなで毎日入って遊びました。

留学前にもらっていたホストファミリーの写真は、父親がオーストラリア人、母親が先住民のアボリジニ人。しかし、なんと空港に迎えにきたのは、父親はアボリジニ人、母親はオーストラリア人！　もらっていた写真とは真逆でした。

その時は驚きましたが、そのファジーさが日本と違って何とも面白く、私を初めから笑わせてくれました。

そのホストファミリーには2人の娘さんがいました。私より3つ年上で高校生だったお姉さんからは、海外のカッコいいお化粧の仕方などを教えてもらいました。

海外は「オープン&ばりエンジョイ！」

一言でいえば、海外は「オープン&ばりエンジョイ！」

何でも自由で、さらけ出して、恥がない感じでした。

ホストファミリーも学校の生徒も、みな言いたいことは思いのまま言う。それも、ただ言いたい放題ではなく、日本と徹底的に違っていたのは、問題解決に向けて何でも話すことでした。

うやむやにしないで、とにかくメチャクチャ話し合います。

学校では、先生と生徒、生徒同士がどんどん意見を交換し、なぜ自分がそう考えているのかを伝え、相手の状況や立場も聞いた上で答えを探していきます。

海外に友人がたくさんいる父は、

「日本以外の国は、ほとんどが多民族国家だから、しっかり話し合わないと揉め事になる。だから一緒に食事をしている時も、とにかくうるさい、しゃべりまくる。そしてどうでもいいことでも、結論が出るまでやめない。これは文化だな」

と言っていました。


私が通っていた学校がたまたまそうだったのかもしれませんが、毎日が刺激的で新鮮でした。

生徒は、みんな生き生きしていて、それぞれ違う魅力があり、「自分が一番イケてる」と思っている感じがしました。

そんな私が、1カ月間の短期留学を経て帰国すると、日本への大きな違和感が生まれました。

日本の学校が設けている校則は、本当に意味があるのか。

日本の人たちは、全然自分をさらけ出せていないんじゃないか。

みんな世界に1人だけの大切な自分なんだから、せめて自分のことだけは自分でもっと愛してあげればいいのに、と、中学1年生ながらに思いました。

海外の教育制度はどうなっているか

私は留学したり、高校で偏差値主義の教育を受けたこともあり、改めて日本の教育に疑問をもちました。

日本以外の世界の学校はどうなっているのか、私が尊敬する先輩方が通っている加賀塾（石川県加賀市にある学び場）の神谷宗幣さんから聞いた世界の学校の話をします。

神谷さんは今までに、20カ国以上の学校に直接行って、教育現場を見てきたそうです。やはり国が変われば教育の考え方も変わります。

①デンマーク

デンマークは、世界トップクラスで国民の幸福度が高い国です。「なぜ幸せと思うのか？」と聞くと、「自分がやりたいことが実現できるから」「自由だから」という答えが返ってくるそうです。羨ましいです。

デンマークの教育は、幼い内から、自分は何がしたいのか？そのためにはどうしたらよいのか？を考えさせるシステムをとっており、「18歳で完全に自立」をさせるのだそうです。18歳で家を出ることが普通という状況になっているといいます。

デンマークでは、学生の時期に「哲学」も教えるそうです。哲学は自立の助けにもなる学問なので、哲学をしっかりと学ぶ文化があり、大人になっても哲学を学ぶ人が多いとのことです。

就職活動は、個別に会社へ訪問するそうです。企業も人間性が高い人を望んでいるので、自分磨きのために世界を旅したり、大人になってから大学に入り直したりして、自分磨きをするそうです。また、そういう人材が求められています。

政治教育がしっかりと行われており、国政選挙は投票率が80%を下回ったことがありません。選挙に行かない人は非常識とされています。

また、教科書が素晴らしく、小学生の社会科教科書の1ページ目に、「マスコミは嘘を言う」ということが書かれているそうです。マスコミがどのような仕組みになっているのか、テレビにはスポンサーがいてお金や権力で動いていることを小学生の頃から教えるので、マスコミやメディアを信用せず、正しい情報を自分からとっていくことを学ばされるそうです。

②オランダ

貿易国家なので、「経済を向上させる」のが教育の目的とされています。

たいていの子どもは4歳になったら、基礎学校へ通います。しかも、誕生日に入学するので、みんなバラバラに入ってきます。初等教育は12歳までの7~8年間で、基本的には宿題はなく、受験勉強もありません。

オランダは、学歴ではなく、自分の専門分野でどれだけスキルを磨いたかによって、給料が変わります。大学を出たからといって、たくさんの給料がもらえるわけではありません。

どの分野でもスペシャルなスキルをもっていれば重宝されるので、大人になってから勉強することも当たり前になっているとのことです。

③イスラエル

イスラエルは「国を守る」のが教育の目的です。

軍事国家のイスラエルでは、小中高校の個人の学業履歴は国が管理します。男子だけでなく女子にも〝徴兵制度〟があるため、軍隊に入る時にどの子が何に優れているのかもわかったうえでの配属になるそうです。

徴兵されると、通常は軍に3～4年在籍するのですが、優秀な生徒はそのまま10年近く軍隊に残るそうです。そこでチームを作り、軍隊を出た後にそのチームで起業することもあるとか。つまり、小中高校から軍隊を経て社会人まで一貫したつながりをもっている教育システムだそうです。

会社の利益も、教育や軍隊に使われ、スムーズに循環しているそうです。すべては「国を守る」ということに、通じているとのことです。

④ブータン

ブータンは、「国民総幸福量（GNH：グロス・ナショナル・ハピネス）指数を上げる」ことを目的とした教育です。国をあげて、幸福量を増すことに取り組んでいるわけですから、ブータンの人々が「世界で一番番幸せな国はブータンだ」と言う意味がわかります。

日本と海外、教育の違いは？

加賀塾の神谷さんによると、簡単に言えば、世界の教育は「コーチング」、日本の教育は「ティーチング」だそうです。

世界は、子どもの良いところを見つけて伸ばそうとする「コーチングシステム」であり、日本は、みな同じことを教える「管理教育」です。

そんな今の日本ですが、明治前までは世界が驚くほどレベルが高い「コーチング」を寺子屋などで行っていたそうです。世界と比べてみても、江戸時代までの日本はまさにグローバルで素晴らしい教育だったといいます。

今の日本の教育目的は、表向き「人格者の育成」ですが、脳が発達する幼児期から高校生まで同じことを教える「管理教育＝考えさせない教育」です。

人格教育ができておらず、結果的に「心のないサラリーマンを作ること」が、目的になってしまっているとのこと。〝今だけ、金だけ、自分だけ〟の人ができてしまっているのも納得できます。

言われたことだけやる、自分で考えるな、という教育は続いていると思います。

また、世界の国では、大人になってから勉強するのが当たり前です。

しかし、日本は、先進国で一番、大人になってから勉強しない国として有名なのだそうです。勉強時間は、平均でたった6分と言われています。(平成28年社会生活基本調査：総務省)。このことは、母から聞いて驚きました。

日本にいれば、ほとんどの場合、「管理教育＝偏差値教育」の一択です。日本にはそれ以外の選択肢がないため、私のように高校を辞めたり、海外へ「教育移住」をする人も増えているそうです。

私は管理教育から脱出できて、よかったと思っています。

でも、管理教育の中でも、自分らしさを見つけることができるように、と願っています。

海外のTik Tokを見て思った

海外のTik Tokを見ていた時のことです。

街中のインタビューで「自分を自分らしく保つ方法は？」「自分をきれいに保つ方法は？」などと尋ねているものがありました。

その問いに対して、「1日に必ず誰かを3回褒めること」と答えている人がいました。「その服いいねとか、どんな小さなことでもよい。言われたほうは嬉しい気持ちになるし、言った自分も、嬉しくていい気分になるから」と答えていました。

こういうことをインタビューで聞かれて、スッと答えられるというのが、すごいなと思いました。

肌をきれいに保つとか、髪型をきれいにするとか、そういうことではなく、自分の内面から魅力を出そうという考え方も、素敵だと思います。

日本の子どもたちと海外の子どもたちとの違いは、自分で考える能力があるかないかだと思います。

留学した時も思いましたが、自分の意見をはっきりと言えます。他人と一緒なのを嫌い、自分だけのオリジナルを好みます。

普段から深く考えることと、言葉にして相手に伝えることをしているから、不意な質問にも答えられます。

みんなと違うから「変」ではない

日本では、見た目から入る人が多いと思います。

でも、ほんのちょっとしたことでも、自分の内面を自分で褒めたり、誰かを褒めてあげることで、人間的にすごく変わると思っています。他人と比べて自分の欠けているところだけにフォーカスをあて、勝手に自分を下に落とすことが、周りを見ていても多い気がします。

みんなと違うから、自分が「変」。

そうではなく、もっと一人ひとりが自分のしたいことをし、しなくてはいけないことを見つけ、大切な人生の中で「自分というブランド」に誇りと自信をもたせることを、学校では教育して欲しいと思います。

父は海外で過ごした期間も長いので、幼い頃から私と兄に、

「パパは世界中を見てきたけど、日本が一番スゴイから、自分の眼で見て実感してこい！　楽しいぞ」

と言っています。

10代の若いうちから、日本以外の文化や歴史、さまざまな人種の人々と積極的に触れ合うほうが、成長できると思います。

将来、また必ず海外へ行くつもりです。

Chapter 3

大人

周りの大人たちを好きになれず、
失望した理由

自分の周りにいる大人。
嫌いな大人。
尊敬できる大人。
自分もいつかは大人になる。
だからこそ、今、この目に映る大人たちをしっかりと見る。

1　私は大人が嫌い

軸がない人、夢がない人、人を見下す人にはなりたくない

軸のない生き方なんてしたくない

勉強を好きではない人は、一度は、

「なんでこんな勉強をしないといけないの？」

「こんなこと、将来使わないだろ」

と考えたことがあると思います。そう言うと、大体の人（とくに先生）が、

「将来いい大学を出て、いい会社に勤められるから」

と言います。自分自身も、そう思って小学受験、中学受験、高校受験をしました。

でも、私は高校の先生方や、テレビやネットで報道されるニュース、人の顔色をうかがって自分の軸がない大人を見ていると、「あの人たちは、いい大学を出てちゃんとした生活を送れているはずなのに、なぜあんなに生きがいをもっていないのだろう？」と思ってしまいます。

大人って、こんなもんなんだ……。そう考えると、自分が大人になっていくことに、不安が募っていきました。自分が選んだ人生に、自信をもって胸を張れるような大人になりたいと思うようになりました。

通勤ラッシュを見て思ったこと

通勤ラッシュという時間帯がありますよね。

先日、その時間帯の電車に、初めて乗りました。その光景は、私には違和感でしかありませんでした。みんな、ぎゅうぎゅうになりながら電車に詰め込まれて、寝不足なのか目を血走らせて、スマホを片手に何かを見ています。

この光景を見慣れている人には、違和感などないでしょうが、私には衝撃的でした。**なぜ？　という疑問**が今でも残っています。

スマホ片手に、つまらなそうな顔をして電車に揺られ、職場に行って仕事をこなし、家路に着く。そんなことに40年も耐えるなんて、私は無理です、絶対に。一度きりの人生なのだから、後悔すると思います。

私はまだ16歳で、世間的には子どもで、生意気だと思います。これからいろいろと経験していけば、考え方が変わることもあるかもしれません。でも、毎秒、自分の夢のために努力したほうが、死ぬ時に後悔しないはずです。

お金を投げて寄こした人

私は高校を辞めてからこれまで、８種類のバイトをしました。宅配屋さん、お弁当屋さん、居酒屋さん、テレアポ、クレーム対応、組み立て工場などです。

ある飲食店でバイトをしていた時、お客さまから呼ばれて何かと思い行ってみると、「これは熱くて食べられない」とか「量が多いからやり直せ」とか、しょうもないことでクレームを言われました。歳がかなり下の私を雑に扱ったり、威張って上から注文をしてくる大人を見て、子どもなのはそっちだろ、と思う日々でした。

宅配のお弁当を届ける時、さまざまな家に行きました。

玄関までゴミ袋があり、ドアが開けられない状態の家。無表情で無言、目も合わせずに何も言わない人。お金を投げつけて渡す人。今まで生きてきて、私が初めて見る大人たちでした。中には優しい人もいますが、自分が思っていたよりも、ずっと少なく、世の中には何種類もの大人がいると驚かされました。

世の中は大人の考えで動いている

みんながみんなそうでないにしろ、自分のことばかりを考える大人、政治に興味を示さない大人、自分の国に誇りをもたない大人。世の中の大半は今の大人の考えで動いており、子どもの考えや要望は通りにくいのが現実です。

先進国で一番子どもが亡くなる国は日本だそうです。病気や虐待もありますが、一番の原因は自殺です。根本的な問題としては明るい未来が見えないからだと思います。私は、未来を創る若者にこそ、国もお金を投資して欲しいと考えます。

しょうもないニュースやバラエティ番組を毎日流す暇があるのなら、もっと重要なことを流して欲しいと思います。

また、政治家や大企業の社長など、表面上ではいい顔をしていながら、自分の立場を利用し不正を行う人もいます。欲しいものがあれば、何がなんでも手に入れ、自分に都合の悪いことが起きれば、権力とお金を使ってなかったことにする。

戦争も子どもには関係なく、勝手に大人が始め、子どもが巻き込まれて亡くなっています。

私はまだ社会に出て1年も経っていないので、ガキが何を偉そうに、と思われるかもしれませんが、そんなふうに身勝手で、人のことを考えられない大人が嫌いです。

2　責任逃れと保身は、子どもにわかってしまう

子どもは大人のことを諦めている

子どもは、大人に対して、怒っている。諦《あきら》めている。
なぜって、自分の保身だけを考えて、行動する大人が多いからです。
自分にとって、不利なことをしない。
面倒なことには巻き込まれないようにする。
知っていても、知らんふりをする。

おかしいと思うことでも、放置しておく。

変化は好まない。

問題を起こせば出世できなくなるから、じっとしている。

いつも、自分のことしか考えていないように見える大人たち。

もちろん、子どもにも、似たようなところがあるでしょう。でも、そんな大人たちは見たくない。尊敬できる大人たちを見たい、と思っているのです。

イジメがあっても見ないふり

小学生の頃、私はイジメにあいました。上履きをゴミ箱に捨てられたりしました。

私の上履きを捨てるところを目撃したクラスメイトがいたので、私をイジメていた子の名前を聞いて驚きました。その頃、私にとても親切にしてくれ、親しげに近づいてきた女子生徒だったからです。

でも、その子は、最後は結局、誰からも相手にされなくなりました。

イジメは、どの時代も起こるものだと思っています。

私は、そのイジメのことは、両親にも先生にも言っていませんでした。

子どもであっても、自分たちで問題を解決したいと考えていたからです。

私のような対応が良いのかどうかは別にして、イジメについて先生に相談しても、相手にしてもらえなかった、という話もよく聞きます。

明らかにイジメが自分の目の前にあっても、見ていないふりをして、自分に火の粉がかかってこないようにする先生もいます。

面倒を避け、責任を取りたくない先生。高校の時は、それでいて生徒にストレスをぶつけてきて、八つ当たりばかりしてくる先生にもうんざりしました。

形式的なことばかり言われると

私が一番嫌いな人。

それは、責任を取らない人です。

自分たちは動かないで、じっとしている人。

子どもだって、馬鹿じゃありません。

生徒を本気で思ってくれている人なのか、自分のせいにならないように、形式的なことばかり言って責任逃れをしている人なのかは、話していても、態度でもわかります。


私だって大人に対し、不平不満を言うことは好きじゃありません。

でも、両親の話を聞くと、昔は今と違っている気がしました。真剣に子どものことを守ってくれる先生も、もっといたそうです。

私が先生方に腹を立てていた時期、母は「先生だって、その時その時の精一杯で生きているんだよ。ストレスをぶつけてきたり、責任逃れをする大人たちは、決して幸せではないはずだから」と言っていました。もしかしたら、先生方も心のどこかで、不安を抱えながら生きていたのかもしれません。

中退した頃は嫌いだった先生も、高校生活も、今となっては、逆にとても良い経験をさせてもらえたと思えるようになりました。

3　若者の自殺が増えている理由

日本はまるで砂の城のよう……

日本では若者の自殺が、他国とは比較にならないほど、多いそうです。

２０２２年の日本全体の自殺者は２万１８８１人。

さらに、２０２２年の小中高校生の自殺者が５１４人。１９８０年の統計開始以来、初めて５００人を超え、過去最高だそうです。悲しすぎます。

今回、本を書くのを機に、私は日本の自殺について調べてみました。

調べれば調べるほど、日本という国がサラサラと砂の城のように、音もなく壊れていっている感じがしました。

不審死も合わせると、その数は？

自殺といっても、遺書がなければ自殺にはカウントしないこともあるらしいのです。「〇〇のせいで、死んでやる」と言って誰かの前で身投げをしたり、自傷行為で死んだとしても、自殺には数えない場合があるそうです。

不審死という言葉は、母から教わりました。不審死は、「死亡の状況が異常、または不詳、あるいは死因が不明または特定できない死のこと」だそうです。

日本の不審死の数は、毎年約15万人。WHOは、不審死の半分を自殺としてカウントするとしているので、そうすると、約7万５０００人は自殺者に加算され、日本の自殺死亡率は、先進国でダントツ1位になってしまいます。

日本の不審死の半分にあたる7万５０００人と、自殺者2万１８８１人を足せば、

2022年の自殺者の数は、統計上の数字の約4・4倍にあたる9万7000人近くにのぼります。

遺書がある小中高校の自殺者で514人ですから、不審死も入れたら、その4・4倍の約2300人が自殺しているかもしれません。

私の周りにも何人か、「生きていても意味がない、楽しくない、生きている理由がない」と言う人がいます。

そのようなことを言う人はみんな、未来に希望を見出せていません。

生徒のSOSに手を差し伸べて欲しい

私が中学1年生の冬に、新型コロナウイルス感染症が世界的に広がりました。楽しみにしていた、中学3年生の沖縄県への修学旅行にも行けませんでした。

コロナの影響で、友人や先生とのコミュニケーションも十分にとることができませんでした。マスクで顔の表情も見えず、不安や悩みが大きくなるクラスメイトもたくさんいました。不登校になる人もいました。

私たちは、学校で1日の大半を過ごします。

生徒を見ていないのか、見て見ぬふりをしているのかはわかりませんが、本当に生徒が助けを求めている時に、手を差し伸べてくれる先生が私たちには必要です。

クラスに大勢の生徒がいたとしても、一人ひとりと向き合い、一人ひとりの人生を考えて教育してくれる先生がいたなら、自殺を考えたり、不登校になったり、学校を辞める生徒も少なくなるのではないかと思います。

少しのことでいい、認め、褒めて欲しい

そして、大人たち、先生方に知っていて欲しいことがあります。

ちょっとしたことでも、「褒められる」「認められる」ことが、子どもからすると、一生忘れられない経験になります。

逆に、助けが欲しい時に手を差し伸べてもらえないと、子どもは「私なんて……」

と思ってしまいます。
少しのことを褒めてくれるだけで、自己肯定感が上がり、自分に自信がつきます。
私自身、中学の3年間担任をしてくれた、大好きなN先生が、
「松谷の良いところは、明るいとこやな～」
と言ってくれたことを、何年経ってもよく覚えています。
その先生は、人の良いところを見つけて、褒めることがとても上手でした。
だから、先生に信頼を置くことができたのだと思います。

「レッテル効果」のパワーはすごい

「レッテル効果」というものがあります。

レッテルを貼られた人は、貼られたレッテル通りの行動をするようになる　というものです。ネガティブなレッテルを貼れば、ネガティブになり、ポジティブな良いレッテルを貼れば、良いレッテル通りの人間になる。

先生が生徒に対して「お前は頭が悪いからな」「お前は落ちこぼれだからな」と心の中で思っていれば、言葉に出さなくても態度にあらわれてしまいます。

高校の時の私は、先生に挨拶しても無視され、明らかに特進クラスの人との対応が違うことにショックを受けました。

レッテル効果はすごいパワーがあるので、先生が生徒にポジティブな良いレッテルを与えれば、生徒はその通りになろうと頑張れます。

家庭でもそうです。私は幼い頃から母に、

「咲ちゃんは芸術に長《た》けてるね。運動神経がいいね。賢いね」

と言われて育ちました。そうすると、〝自分にはそんな長所があるんだ〟と思い込みます。そう言われることで、私はすごく自信がつきました。

だからこそ、ほんの少しでも、生徒一人ひとりの変化に気づく先生、生徒の良いところを言ってくれる先生、そんな先生が日本中に増えて欲しいと思っています。

先生次第で、子どもは簡単に変わります。

そうすれば、自殺する子どもも、減らせるのではないかと思っています。

4　子どもは、大人に期待されるとダメになる

過度な干渉をやめて、ただ信じてもらいたい

「期待」と「信頼」は違う

私が高校を辞めた理由の一つに、母親からの期待がありました。

今にして思えば、我が家の両親は、自分たちの希望を押し付けるようなタイプではないのに、私が勝手にプレッシャーだと勘違いしていました。

人は、誰からでも期待してもらえると、嬉しいと思うはずです。

しかし、「期待」と「信頼」はまったく違います。

「期待」は、相手側からの勝手な〝妄想〟であり、希望です。

そして「信頼」とは、家族や私が大好きな中学生の頃の先生のように、何があっても信じてくれていることです。相手側の願望が入っている「期待」ではないから、子どもとしては、気が楽になります。

子どもは、ただ信じてもらいたい

親は、子どもに期待する。

子どもは、ただ信じていてもらいたい。

子どもには、期待しないで欲しいと思います。

「期待」は、子どもの可能性を奪い去ります。

物すごいプレッシャーになり、真面目な人ほど、その期待に応えようとして無理をしてしまいます。本当は何がやりたかったのかを忘れてしまったり、見つける時間も奪ってしまいます。

だから、いつも子どもを寛大に見守っていて欲しいです。

そして、その子の良いところを見つけてたくさん褒めて欲しいです。

私は社会に出てから少し成長したので、今は他の人にも、期待しないようにしています。

諦めではなく、その人の良いところを見つけて、好きになる努力をして、信じています。信じているから、期待はしないでおこうと思っています。

親が手伝わないことも大切

私が尊敬する仕事場の人や父親は、

「今の子たちはある意味、かわいそう。何事にも勢いがない」

と言います。本当にその通りだと思います。

興味をもつことがあっても、なかなか実行しません。

自分で自分の行動や、意志を決めることができません。

何事に対しても、意欲があまりない。

なぜなら、最初から「今のままでいいか」と諦めてしまっているからです。

自分の理想の姿や、目標に対して、「やってやろう！」と思う意欲が湧かないのです。

これも、親が過干渉していることが原因だと思います。

親が何でも手伝ってしまい、自分自身で何かを成し遂げることを妨げている気がします。

子どもの本当の幸せを願うのであれば、親は手伝わない。

子どもも、なるべく親に頼らないこと。

どの時代にも過保護な親はいると思いますが、最近ではモンスターペアレントと呼ばれる人が増えていると思います。些細なことでも親が学校に言いにきて、子どものことに介入する場合があります。

もちろん親だって、子どものことを思ってやっていると思います。

でも、植物だって、水を与えすぎると根が腐って枯れてしまいます。

親からの過干渉で、子どもたちは、自分で解決する力が衰えている面もあるのではないかと思います。


過度な干渉はして欲しくない。

でも、よく見ていてもらいたい。


私たちはまだ子どもだから、自分たちのことが見えない時もあります。

ここぞという時は、やっぱり人生の先輩として道を指し示して欲しいし、いろんな景色を見せて欲しいと思っています。

子どもも大人も、人間死ぬまで勉強

人間は、死ぬまで勉強。

両親がいつも言っている言葉です。

最初はウザいと思っていたその言葉も、仕事をするようになってから、尊敬する友人や彼氏に会ってから、当たり前のことだと思うようになりました。

子ども自身も、もっと自分の行動の幅を広げて、リアルでいろんな人に会うべきだと思っています。

私のように高校を辞めなくても、そのチャンスはあるはずです。

子どもでも大人でも、人間死ぬまで勉強。

そうすることで、未来は開けていくはずです。

Chapter 4

考え方

高校を中退した自分が、
大切な人たちに伝えたいこと

すべてはタイミング。
決めたくない時は、決めない。
決めるタイミングが悪いと、後悔になる。
どんな決断をしても、覚悟を決めないと、
必ず後悔すると思っておく。

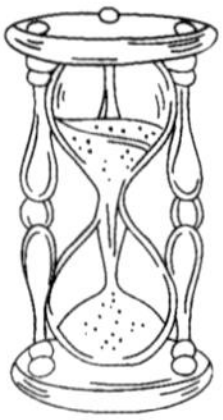

1 自殺を考えていたNのこと

「いい子」を演じられると、周りは気づけない

第一印象は明るく陽気な子

高校に進学して、すぐに仲良くなった友達が3人いました。

その中の1人、Nについてお話しします。

彼女の第一印象は、とても明るく陽気な子です。

しかし彼女は、仲良くなるにつれ、少しずつ、自分の家族との悩みを打ち明けてくれるようになりました。Nは、**両親が自分のしたいことを応援してくれないこと、**

父親と母親の仲が悪く　なこと、学校の
　気持ちなど、いろんなことを私に相談してくれました。

「電車を待っている時、自殺したいって……」

ある日、駅のホームでのこと。
彼女と2人で電車を待っていると突然、Nが、
「私、毎日電車を待っている時、自殺したいって考えてるねんな」
と、呟《つぶや》きました。
私は耳を疑い、「え？　もう一回言って」と聞き返しました。
　と言いました。
これは学校へ行っている場合じゃない、どうにかしなくちゃ！　と内心焦りながら
いつも明るい友人は同一人物とは思えないほど、暗く思い詰めた表情で話し始めま

した。

私は、1時間ほどNの話を聞き、

「少なくとも咲は、Nが死ぬとか、ほんまに嫌や。Nのおかげで、高校に行きたくないけど、Nに会えるから行けてるし……。Nはそんなことない、って思うかもしらんけど、お父さんもお母さんも、Nのことを大切に思ってるはずやで」

と言いました。

私が自分の気持ちを話すと、Nは「そうやな」と言いましたが、まだどこか胸につかえている様子でした。

私と、私の母と、友人Nと

その時、ふいに私の頭に、母の顔が浮かびました。

そこで、おそるおそる「お母さんがカウンセラーやから、話してみる？」と聞くと、Nはすぐに「うん」と言ってくれたので、私たちは学校を休んで母の病院へ行くことにしました。病院に来たNは、カウンセリングも私の母と会うのも初めてで緊張している感じでした。

母は、Nの気持ちをすべて吐きださせて、抑え込まれた感情を素直に出すように話していました。

・自分の気持ちを抑え込む癖
・思ったことを伝えない癖
・いい子を演じる癖

などをやめるように伝えていました。そして家族だからこそ、大切なことはしっかりと伝える勇気の重要性について話していました。

これ以上、自分を粗末に扱ってはいけない。自分をもっと大切にしていかなければならないことも話していました。

私たちに相談するまでのNは、
「生きていても、何も楽しくない。もし、自分が今、駅のホームから落ちたら、親は悲しんでくれるのかな」
と思いながら、毎日を過ごしていたそうです。

泣いていたNのお母さん

私はNが食べたものを吐く「摂食障害」と知っていました。

Nはかなり痩せていましたが、ただ単にダイエットの一環だと思っていました。しかし話を聞きながら、それは心のSOSのサインだということも知りました。

今まで、自分を押し殺して〝いい子を演じてきたN〟です。

どうしても、今回のことを自分の口から言い出しにくい様子だったため、Nの承諾を得てから、私の母がNの母親と高校に連絡をして状況を説明しました。

Nの母親はすぐに駆けつけ、私と母にお礼を言いながら、ずっと泣いていました。何度も何度も母と私に「ありがとうございます」と言っていました。娘が自殺を考えるほどに追い詰められていたことを、まったく知らなかったのです。

優しいNは、両親が思うような理想の娘を演じて、自分さえ我慢すればよいと思っていたのかもしれません。

でも、大切なことは、しっかりと伝えなければ伝わるはずがありません。ましてや、自殺を考えるまで自分を追い詰めてはいけない、と思いました。

私は子どもだけで解決しようとせずに、母に相談してよかったと思いました。

誰かに相談することで変わることもある

誰かに相談することで、人生の何かが大きく変わることがある。

そのことを目の前で見た瞬間でした。


Nから相談を受け、Nが自殺を願うほどに追い詰められていたことを、彼女の命があるうちに、Nの両親に伝えることができて本当によかったと思っています。

お母さんもお父さんも、自分たちの仲の悪さや、娘を取り巻く環境、娘の夢への否定が、Nをここまで追い込んでいたことに気づいていなかったようでした。

子どもは親が好きだから、嫌われたくない。
いい子でいなくちゃと思っています。
でも限界がある。

だから、私たち子どものことを、もっと見ていて欲しいと思います。
やっぱり大切なことは、

・自分だけで悩まない、我慢しすぎない
・信頼できる友達に相談する
・友達のＳＯＳ、自分のＳＯＳを見逃さない
・信頼できる大人に頼ること

死ぬ勇気があるなら、何でもできる！
そう思いたいです。

2　子どもから見た親の離婚

両親の仲が悪いと、見ている子どもは追い詰められる

「離婚≠悪い」だけれど……

今の時代、両親が離婚をすることもあります。

私の周りにも、シングルマザーやシングルファーザーの家庭があります。

私は離婚が悪いとは、まったく思っていません。

しかし、たとえ両親が揃っていたとしても、実の親であっても、夫婦仲の悪い両親と一緒に暮らすことは、子どもにとっては〝地獄〟です。

仲が悪いのに一緒にいることは、子どもだけでなく両親にとっても不幸だと思っています。

子どもの立場からすれば、両親が仲良く、家族が一緒にいることを望んでいます。

でも、どうしようもない時もあります。

子どもが追い詰められる原因

自殺を考えていたNも、お母さんとお父さんの仲の悪さに、追い詰められていた面がありました。

Nは、私が相談を受けた数カ月後、

「お母さんとお父さんは離婚も考えていたみたいだけど、今は話し合ったりして普通に暮らしているよ」

と話してくれました。母親も以前より明るくなり、元気でいるといいます。家の居心地もよくなったそうです。

Nはその後、私がいた高校を辞め、心機一転、他の高校へ転校しました。
私は何よりも、Nが元気になったことが嬉しくてたまりませんでした。

子どもは親のことを噂している

暴力をふるう人や、まったく働かない人、他に好きな人ができてしまったなど、これだけ離婚する大人が増えれば、私たち子どもの話題にもなります。

「うちも離婚するみたい」
「父親が暴力をふるう」
「母親が○○で最低」
「○○の家では、ご飯作ってもらえないらしい」
「いつもパンか、カップラーメンみたいだよ、かわいそう」

「別々に暮らしているけど、離婚はしていない」
「なんかだいぶ複雑な家みたい」
とか。

子どもがそばにいるのに、携帯の画面ばかりを見ている親、赤ちゃんに何かの動画を見せ、かまってあげていない親を見ると、なんだか切なくなります。

両親がどう頑張っても、仲が悪く、関係を修復できない時は、悲しいし大変だけど、離婚したほうがよいこともあるのかもしれないと、子どもながら、思ってしまいます。

3　友達を大事にする、友達からたくさん学ぶ

「甘え」と「幸せ」に気づかせてくれた、尊敬する友達

大切な出会いのタイミングを逃さない！

人は誰と出会うかで、人生が大きく変わります。

出会いは、一瞬のタイミングを逃さないこと。この人のことをもっと知りたいと思ったら、積極的に交流をもつことが大切だと思っています。

私は高校を中退してから、本当に知り合う人の数が増えました。友達の幅も広がりました。以前は地元の中学や高校の中が自分の幅でした。しかし、学校を辞めてから

は、一気に多くの人と繋がることができました。

中には、ものすごく頑張っていて、キラキラ輝いている人がいます。

30〜40人のクラスの中にいた時とは、次元が違ってきます。

タフで頑張り屋の友達に教えられたこと

高校を辞めてから知り合った友達には、いろんな家庭環境の人がいます。

私の信頼する友人に、同じ16歳の女の子がいます。彼女はメチャクチャ優しくて、いい子です。

でも、家庭環境が複雑で、小学校までしか、きちんと学校に通えず、中学校はほとんど行くことができなかったそうです。なぜなら育児放棄した母親の代わりに、彼女が1歳と3歳と中学生の弟3人を育てていたからです。いや、今も育てています。大人は母親だけの家庭なのに、母親は彼氏とどこかに出かけてしまうことが多く、家にはほとんどいないそうです。ときどき母親が帰ってきても、気分屋なので、ぶたれる時もあると言います。ご飯を作ってもらった記憶もないそうです。カップラーメンがいつもの食事。イチゴは高級食材。

そんな彼女はすごくタフで頑張り屋さん。人に軽くあしらわれたり、理不尽なことをされても、幼い頃からそれが彼女の日常なので、何とも思わないそうです。

彼女は昼間も働き、夜中の2時からも働いています。ほとんど寝ていない状況でも頑張っています。

そんなふうに頑張っている同い年の子もいると思うと、私はなんて甘えていたんだろう、と思います。高校を辞めていなかったら、こんなふうに頑張っている人と出会えることはなかったと思います。

自分が幸せだと気づかせてくれた友達

私には、忘れられない言葉があります。それは、一人暮らしのきっかけにもなり、困った時に助けてくれた友達のAに言われた言葉です。

「咲ちゃんは、Aが今まで会ってきた人の中で、一番幸せ者やと思うで」

私は、なぜ？　と聞きました。

「咲ちゃんは、いろんな人から好かれていてスゴイと思う。お母さんもお父さんもおって、いつでも家に帰れる状況だし、それに16歳で自分がしたい職業にも就けて、しかも才能があって、優しい彼氏もおって、友達もおって、Aも咲ちゃんのことがめちゃ大好きだから。そんな幸せな人はおらんで」

Aから言われた言葉を改めて考えると、意識したことがなかったけれど、私は「本当にそうだな、感謝しないと罰があたるな」と思いました。

そして、心から「生きていて、よかった」と思えました。

Aも高校を辞めてから知り合った友達の一人。

高校を辞める時、親の顔を見たくない時、何もかもが自分の思っていた人生とは違ってしまい、どうしようもなく途方《とほう》に暮れていた時のことを考えると、学校を辞めてから友達と過ごした半年は、私にとってすごく大切な時間だったと感じます。

そして、もっともっといろんな人たちと知り合いたい！

4 自分をいじめないで、一番愛してあげる

自分を愛そう、熱い思いを大切にしよう!

「私なんて」と自分を雑に扱っていないか

私は、いろんな人を見ていると、「自分を愛していない人」「愛せない人」が多いなあと感じます。「私なんて……」と言って、自分を雑に扱う人です。

自分を愛せない人は、自分に自信がもてず、自己肯定感が低くなり、いつも誰かと比べてしまうようになると思います。

私は、自分を愛することができなければ、人を幸せにすることができないと思って

います。

「自分がかわいそう」「自分って不幸」と考える人もいます。

私自身も体験しているので、そんな気持ちもわかります。でも、そんなふうに、自分で自分に悪い〝レッテル〟を貼ってはいけないのです（１０８ページ参照）。

自分を愛するための「5つのこと」

本当の意味で自分を愛せる人は、見返りを求めず、人のために行動できる人だと私は思います。ほとんどの人は、見返りを期待しています。あなたにこれをするから、これだけやってくれるでしょ？　と、見返りを期待して行動する。自分に不利なこと、見返りがない時は、知らないふりをする人もいます。

たぶんそのような人は、**行動と見返りが常にセットで、自分を愛せていない**人だと思うのです。ですが、そのような人に限って、自分が「見返り型の優しさ人間」だと気がついておらず、自分は優しい、と思い込んでいるので厄介《やっかい》です。

16歳の今の私が、どうすれば自分を愛せるのか？　を考えました。

自分の体験も含めて書き出してみます。

1　自分の良いところ、得意なところをたくさん探す
2　笑顔、髪型、清潔感。見た目は中身
3　どんなに小さなことでも、やってみる。少しの勇気をもつ
4　やりたかったことに挑戦する。行動する
5　好きなことを見つける。自分にしかできないことを探す

ここに書いたことは、私自身も最初はまったくできませんでした。

ヤバいぐらい、ひどかった。でも、だんだんできるようになりました。

その結果なのか、信じられないことに、今の私には悩みがありません。

今、私の周りにいる人は、私が尊敬できる好きな人ばかりです。

そんな人たちと過ごすことでも、自分を愛することができるようになり、少しずつ強くなれる気がしています。

やりたくないことは、やらなくていい！

自分がやりたくないことを、やっている。

やりたくないことなのに、真面目にしてしまう。

このような時は、自分をいじめているのだと思います。

やりたくない嫌なことばかりやっていれば、自分が本当は何をしたいのかも、忘れてしまいます。

自分をいじめている人は、いつも何かに我慢している人だと思います。

ずっと我慢して溜め込んでいれば、いつか、私の高校生活の時のように、身も心も壊れてしまうと思います。

我慢してその場所に居続けなくても、学校を辞めても、きっとどうにかなります。

16歳の私でも、友達が助けてくれました。何とかなるのです。

「嫌ならやめたらいい、しんどいならやめたらいい」

と言いたいです。

高校を中退して週6日バイトしていた頃は、学校に通いながら一人で自活している人たちを見て、バイトと両立できているのは本当にすごいなと感心しました。彼女たちに比べると、私は楽をしているなと感じます。

でも、自分で選んだ状況を他人と比べることは違うと思います。

〝自分のできる範囲〟で自分をいじめることが大切だと思うのです。

自分の中にある「熱い思い」を大切に

自分の中にある熱い思いも重要だと思います。自分の中で湧き起こった熱い思いは、自分が一番「感じること」ができるはずです。

熱い思いが湧き出てきた時、その火を消してはいけないと思います。その火が原動力となり、行動するエネルギーになります。行動すれば多くの人と出会うことができます。まさに〝出会いとタイミング〟の源となります。

自分が得意なことは何なのか。自分が眼を輝かせていたのはどんな時なのか。

それは、身近な人が見てくれているかもしれません。自分の家族、信頼できる友人、他者の目のほうが正しかったりもします。

そんな身近な人が伝えてくれる、または、自分から探すことをしなければ、自分の熱い思いはシュっと消えてしまうと思います。

私は何歳になっても、自分が好きなこと、得意なことは見つけられると思います。少しの勇気を出せば、友達の幅、行動する幅が変わります。自分が大好きになれる人を見つけていけば、その人たちが教えてくれます。

人生は賢く、がめつく!!　そして、可愛く！

これが最強の生き方だと思っています。

我が家の日本スピッツのツキちゃん（1歳の女の子）は、まさにそんなふうに生きています。みんなから愛され、可愛くて、人間の顔色もよく見ていますが、ご飯の時は豹変《ひょうへん》して、一緒にいる猫の分まで食べてしまいます。そして、可愛い顔で見上げて涼しい顔をしています。本当に最強で可愛い存在です。

5 自分のしんどさを、他人と比べないようにする

したくないことはしない、しんどいならやめたらいい!

自分が世界で一番かわいそう?

私と同じ世代の人は、辛いことがあった時、自分が世界で一番かわいそうだと思いがちです。

全然それでよい!!

母に勉強がしんどいことを、泣きながら伝えた時、

「あなたは、全然しんどくない。あなたよりもっと苦しんでいる人はいるし、勉強さ

せられている人もいる」

と言われました。

「いや、しんどいもんはしんどい。何がわかるんだ」

と、その時は思いました。

でも、何度か同じ状況になって、母から同じことを言われ、

「あぁ、そうだ。私より辛い思いをしている人もいる。勉強ができているだけでもありがたいと思おう」

そうやっと思えるようになりました。たしかにそう思うことも大切です。

しんどいなら、やめたらいい！

同じことを、私と同じ境遇にいた大人に相談すると、

「自分のしんどさを他人と比べる必要はまったくない。無理してしたくないことはしなくていい」

と言ってくれました。私は、涙が出ました。

「そうだ。なんで他人と私のしんどさを比べて、自分をいじめようとしていたんだろう」と思いました。

それから、私は友達がしんどい思いや辛い思いをしている時、

「しんどいならやめたらいいやん。必要のない努力はしなくていい」

と言っています。

私は勉強と高校の縛りがしんどくて、高校を辞めました。

でも、みんながみんなそうできるわけではありません。

私が学校を辞めることができたのは、両親が私の気持ちを理解して、認めてくれたからで、私の恵まれた環境にあることも、わかっています。

私は世界一ツイてる!

学校を辞めた時から、

「私は世界一ツイてる！」

と思えるようになりました。

もちろん嫌なこともありますが、そんなの本当に気にしたことがない。

気にしたくないのです。


嫌なことで悩んで1日をブルーにするよりも、嫌なことを吹き飛ばすくらい最高な1日を作ろうと思っています。

タトゥー、ピアス、染髪、服装など、
見た目で決めつける人は、マジで嫌い。

6　好きな人をたくさん作る！

人生、そんなに甘くない

私には、好きな人がたくさんいます。

それは友人であり、家族であり、恋人、先生、師匠などです。相手も私のことを大切に思ってくれています。

でも、そんな人ばかりでなく、中には意地悪してくる人、嫉妬《しっと》してくる人、足を引っ張ろうとする人、こちらを利用してくる人、騙そうとしてくる人もいます。

実は、私はかなりの臆病者《おくびょう》です。自分が傷つくこと、悲しい目にあいそうなことは極力避けたいと思っています。争い事も嫌いです。できれば、平和でみんなが幸せになってくれたらいいなと思っている、「平和主義者」でもあります。

でも、人生は、そんなに甘くない。

自分で痛い目や苦しい目にあわないと、実際のところ自分の成長にはなりませんでした。母に甘えないようにしよう、といくら思っても、なかなかできなかったように、時には思い切って自分の環境を変えない限り、変わることなんてできないと思っています。

人が変わる「5つのタイミング」

心理カウンセラーをしている母から聞いたことがあります。

人が変わることができるタイミングは、5つあるそうです。

1　家族や大切な人が亡くなった時
2　大病などで、余命が少ないと言われた時
3　天災で、家など大きなものを失った時
4　転職、リストラなどで環境が変わった時
5　結婚したり、付き合う人が変わった時

私は16歳ですが、高校を中退し、一人暮らしをしたこと、好きな仕事に出会えたことで人生が大きく変わりました。

そして、「自分を変える努力」をすることの大切さを知りました。

良い面を見て、人を好きになる

私が大切にしていることがあります。
それは、「どんな人であっても、まずはその人を好きになろうと努力すること」で

す。誰にだって、良いところと悪いところがあります。

でも、自分から良いところを見つけて、相手を好きになろうと努力すれば、相手にその気持ちが伝わっていきます。相手の良いところを素直に伝えることを心がけると、相手も自分を好きになってくれます。そうすることで、トラブルが少なくなることもわかってきました。

人を好きになろうとすることは、とても素敵なことであり、自分の心の幅、行動の幅、考える幅が広くなると感じています。

信頼している人の言葉だから

同じことでも、好きな人から言われたことは、たとえ否定的なことであっても、寛大に受けとめられ、違う視点からとらえることができます。逆に、同じことでも、嫌いな人から言われると、いい気分ではいられないように感じます。

本当のこと、図星なことを言われるとよけいに腹が立ってしまい、「あなたなんかに言われたくない」って、思ってしまいます。

でも、信頼できる好きな人からの言葉であれば、たとえそれが自分にとって辛い言葉であっても素直に受け入れられるものです。

今、私には好きな人がいて、お付き合いをしています。彼も自分の目標に向かって頑張っています。

これからも2人の関係を大切に、協力し合ってお互いを成長させていきたい。

人を好きになり、お互いが成長できるように付き合っていくことは、意識していないとできないものだと思います。

恋愛も仕事も、やりたいことはすべて、恐れずに挑戦していこうと思っています。

Chapter 5

支え

どんな時にも人は支えが必要、
感謝の気持ちを伝えたい

私が15歳で高校を中退して、
この先どうしていけばよいかわからなくなった時、
このまま自宅にいたら自分がダメになってしまうと思って、
一人暮らしをした時、
私には支えてくれた人たちがいた。

1　ずっと支えてくれた、愛する友達

友達がいたから、どんなことも乗り越えられた

嫌なことを全部忘れさせてくれる存在

私は友達がいなかったら、生きていけない。

どんなに嫌な思いをした時でも、友達がいれば、全部忘れることができます。かけがえのない宝物である友達について、話したいと思います。

前にもお話ししましたが、私は高校を4カ月で辞めました。高校を中退したことをきっかけに、一気に友達が増えました。今はSNSの時代です。Instagramで繋がっ

ている私の友達の友達。その友達の友達、というように広がっていきました。そもそも、大好きな友達の友達なので、気の合う人が多くいますし、信頼できる友人が増えました。

高校の時は、限られたクラスメイトの中から、自分と気が合う人を探さなければなりません。たまたまいればよいのですが、そう上手くは見つからず、時には、この人ならまだいいかな、と妥協することもありました。

とくに私が高校に通っていた時は、新型コロナウイルス感染症の影響でマスクを外せませんでしたし、最後まで顔を知らないクラスメイトもいました。せっかく学校に来ているのに友達とも話せませんから、ストレスだらけでした。

でも、高校でたった1人だけ、私は

本当に今は、自分で言うのもおかしいですが、素晴らしい友達ばかりです。

将来のことを考え、自立して、他の人のことも応援する。

そんな仲間が集まっています。

一人暮らしのきっかけをくれたA

私が一人暮らしをするきっかけになったAの話をします（132ページでも登場した友達です）。Aと出会っていなかったら、私は一人暮らしをしていませんでした。

Aは私と同い年で16歳の女子高校生なのに、すでに家を出て自立していました。厳密に言えば、一人暮らしよりも大変な生活をしていました。

Aはお姉さんと2人暮らしなのですが、お姉さんは働いていないので、Aが高校に行きながら、2つのバイトをかけもちして2人分の生活費や食費を稼いでいます。Aはとても綺麗で、同い年とは思えないほどしっかりしていて、今までの私の交友関係にはいなかった人でした。雷に打たれたような衝撃を受けました。

高校に行きながら、しかもお姉さんの面倒まで見ているAの存在は、私にとって勇気と希望になりました。私なんて、まだまだ甘いと思い知りました。

Aは私から見れば、その辺にいる大人よりも大人で、しっかりしています。

私が高校を辞めて悶々としている時、Aは私にこう言葉をかけてくれました。

「Aも家を出て暮らしているけど、どうにか生活してるし、結構なんとかなるで。今の咲ちゃんは、お母さんに甘えているだけなんちゃう？　一度家を出て、咲ちゃん自身が親離れしてみるといいと思うで。1回親と離れてみれば、その大切さがわかるから……。それにもし、お金に困ってもAがいるから大丈夫。心配しないで！」

「このお金でご飯食べてね」

実際、一人暮らしを始めてから、何度かAに金銭面でも助けてもらいました。まだ高校生で自分だって大変なのに、何万円も貸してくれました。

実際に貸してもらった時は、本当に感激しました。それは自分を信頼してお金を貸してくれたことに感激したのではなく、

「咲ちゃんに死なれたら、Aも困るから、今からATMで咲ちゃんの通帳に送るから、

このお金でしっかりとご飯食べてね」

と、心配してくれる友達をもてたことに感激したのです。

決して上辺だけの言葉でなく、心から信頼でき、親身に思ってくれる友達がいることが幸せだと思っています。もちろんお金はすべて返しましたが、Aがいたからこそ、今の私がいることは動かしようのない事実です。

逆境を跳ね返して自分磨きをする友達

そんなAの家はかなりのお金持ちで、幼い頃から何一つ不自由がない生活を送ってきたそうです。でも、Aは両親と喧嘩をして家を出ました。

Aは自分の生活の水準は落としたくない、と思っているからこそ、メチャクチャ働いて自分磨きもしています。「同い年で、こんなに頑張っている人もいるんだ」と、私の中で考えの幅が広がったのはAのおかげでもあります。

Aの一人暮らしと私の一人暮らしの違いは、親との関係です。Aは喧嘩して家を出ているので、1年に1〜2回しか親と会っていないそうです。でも高校には行っているので、必要最低限の〝業務連絡〟だけはしているそうです。

だから、Aは私にこう言いました。

「咲ちゃんは、Aが今まで会ってきた人の中で一番幸せ者やと思う」

その言葉の意味を、今の私は、大切に受けとめることができています。


ですが、初めて言われた時は、私は親と一緒に暮らすことが嫌で嫌でたまらなくて、家を出ようとしていた頃だったので、正直、「自分が幸せ者」であることは、感じていませんでした。

16歳で自由にできることなんて、たかが知れていますが、今、時間を忘れるくらいに

でした。

彼女は同い年と思えないほど大人の考え方をしていて、これからもいろんな場所で働いて、どんどん勉強して、自分を磨いていきたいと話しています。Aは今も、これからも大切な私の友達です。

5カ月で終わった一人暮らし

Aだけではありません。

私が何も食べていない時、ご飯をご馳走してくれた友達もたくさんいます。

自分のお祖母ちゃんの家で使わなくなった電子レンジを運んでくれた人、アパートまで食べ物を届けてくれた人もいます。

一人暮らしをして得たことは、私にとって途方もなく大きなものでした。

結局、私の一人暮らしは、5カ月で終わりました。

たった5カ月の一人暮らし。でも、3年ぐらいに感じた長く濃い時間。

その時間は私の人生にとって、怖かったけど友達と一緒に乗り越えることができた冒険のような時間でした。

ガスを止められてお風呂に入れなかったこと。お金がなくて、食べられなかったこと。電気代が心配で、エアコンをつけられなかったこと。どうしようもなく落ち込んだ時に、励ましてくれた友達。

毎日ご飯が食べられ、温かいお風呂に入れることなど、普通の生活ができることのありがたさ。そして、人は誰かに助けてもらいながら生きていることの実感。

当たり前のことに感謝の気持ちが芽生えたこと。一人暮らしをしていなかったら気がつくことすらできなかったと思います。

程よい距離感の心地良さ

もつべきものは友！　これに尽きます。

私の友達とは、メチャクチャ良い距離感で付き合えていると思っています。家族や恋人よりは距離があり、過度な干渉をせず、第三者として見ることができる。

その友達が大切であればあるほど、真剣に自分の思いや考えをその友達のためだけに伝えられます。

私がすごく辛い時に、友人から「咲のこと、いつも応援しているから」とか、「いつでも言ってね。何かできることをするから」と言ってもらえただけで、本当に元気になれたし、勇気が出ました。

私は今の仕事も、友達がいるから頑張れているし、一緒に働く友達がいるからこそ、仕事場に行くことができていると思います。

私が愛する友達のことは、これからもなお一層、大切にしていきたいと思っています。この場を借りて、私を助けてくれ、いつも優しくしてくれる友達にお礼を言いたいです。

ほんまにほんまにありがとう。そして、大好き。

2　弱音を吐ける場所、避難場所をつくる

助けてくれる人、見守ってくれる人

人は涙をぐっとこらえる時や、頑張らなくてはいけない時があります。生きていくためには、踏ん張ることも大事です。

でも、時には、弱音を吐ける場所を作っておかなければならないと思っています。

友人Nのように自殺まで考えるようになったら、悲しすぎるからです。

私には今、いつでも味方になってくれて、困った時に助けてくれる友人がいます。

そして、信じて見守ってくれている両親がいます。

働き始めてわかった大切なこと

両親の他に、信頼できる大人もいます。

今働いているアルバイト先の社長さんはとても良い人で、私みたいなまだ16歳の子どもに対して、些細なことでも「ありがとう」と言ってくれます。

「咲は若いけど、トップクラスで仕事ができるよ」と、言ってくれます。

そして、普通のことに感謝する大切さも教えてくれます。


社長さんも今の仕事に就くまで、人生でいろんなことがあって、たくさん考えた時期があったそうです。だからこそ、毎日、ご先祖様やさまざまなことに感謝の言葉を言っているそうです。そんな社長さんがいる職場は、とても居心地がよく、自分がやりたいことに集中できる大切な場所でもあります。

学生の頃と違い、働くようになってから、自分の感情を小さな子どものようにまき散らすことができなくなりました。気分が沈んでいる時でも、笑顔で接客し、仕事場では元気でいること。相手が望んでいることを早めに察知して、先回りして提案する。仕事なので当たり前のことですが、やっぱり疲れてしまう時もあります。

携帯電話の充電で言えば、残り3％ぐらいに疲れきっているのに、我慢しすぎて、自分が弱っていることに気がつけないこともあります。

そんな時母は、「咲ちゃん、身体の声を聴いてあげてる？」とか「自分の思考で考えるのではなく、心（守護霊さま）にもちゃんと聴いてる？」と言ってくれます。幼い頃からなので、私はその感覚が何となくわかりますし、今もそうしています。

大切な誰かがいれば乗り越えられる

弱音の種類によっても、甘えられる人が違います。

甘えたい人に、タイミングが合わずに会えない時もあります。バイトで会えない時や、距離的に会えない時もあるので、自分が逃げ込める場所を数カ所作っておけば、弱っている時の充電場所、避難場所になります。

充電できる場所は、自分の家だったり、自分が好きな景色の場所かもしれません。私は行き詰まると、絵を描きます。小学生の頃は「書」を書いていました。心が落ち着くからです。

私にとっての最大の癒しは、我が家にいる2匹の天使たちです。1匹はネコのマーフィー（7歳男の子）で、もう1匹は日本スピッツのツキちゃんです。2匹は私にとって、かけがえのない宝物であり、疲れた時やイライラしている時は、存在そのもので癒してくれます。

また、現在は優しくて尊敬できる彼氏もいます。彼はラッパーで、歌手としてデビューしています。16歳で同い年ですが、本当に大人です。

私が「感謝」できる心を本当の意味で落とし込めたのも、彼の存在が大きいと思っています。彼はシングルマザーの家庭で育っていて、本当にしっかりしています。高校に通って、バイトもして、歌手の活動もしています。

そんなふうに頑張っている彼は、いつもこう言っています。

「こうして自分が歌手としてステージで歌えることは、周りの人たちのおかげです。その人たちがいなかったら、今の僕はいませんでした。だから、自分が置かれている環境や、周りの人に感謝する心を忘れてはいけない」と。

私は、「人は、弱い生き物」だと思っています。でも、強くなれる。

本当の強さとは、自身で苦しい経験もしないと手に入らない。一人ではできないこと、乗り越えられないことも、誰か大切な人がいれば乗り越えられる。

時には弱音を吐きながら、大切な人と共に生きていきます。

3　本の出版というチャレンジ

やりたくなかったことも一歩踏みだしたら、素敵な出会いが

本当は書きたくなかった……

実は、この本は自分の意思で書こうと思ったわけではありませんでした。

私の母は歯科医であり心理カウンセラー（メンタル歯科医）をしていて、自分が書いた本も出しています。小さな頃から本を読むのが好きで、いつか自分の本を出し、自分の思いを世間の人に伝えたいと思っていたそうです。

そんな母は、私が不登校で家にいた頃、私にいろんな経験をさせてあげたいと思っ

たらしく、「咲も本を書いてみる？」と尋ねてきました。

私は家にいるだけでとくにすることもなかったので、母の期待に応えようと、二つ返事で承諾しました。すると母は、本当に私の企画書を作り、「15歳不登校ぎみの女子高校生」という肩書きで出版コンペに応募してしまったのです。

その企画書が審査を通過し、私は本当に出版コンペに出ることになりました。

そんなにうまくいくとは思っていなかったので、私は、あの時二つ返事で「本を書く」と言ったことを後悔しました。

出版コンペに出た！

当日、出版コンペの会場に着くと、応募者は大人ばかりでした。80人以上はいたと思います。その会場では、審査を通過した人がランキング順に発表され、上位20人が発表することになっていました。

私は上から数えて20人には入りませんでしたので、内心「早く終わって帰りたいな」と思って寝ていました。しかし、なんとボードに私の名前が書かれ、余った時間で発表することになりました。

自分の番がくる数分前は、〝最年少の15歳〟ということもあり、大勢の大人の前で発表することを思うと、緊張で口から心臓が飛び出してきそうでした。

しかし、いざ自分の番がくると、「もうやるしかない！」という状況に立たされ、開き直り、紙に書かれた文章を堂々と読むことができました。私が文章を読んでいる間、会場は私の声しか聞こえず、静まり返っている感じがしました。

発表が終わり自分の席に戻ると、母が「すごいね！」と声をかけてくれました。私はその言葉が嬉しくなり、発表してよかった、自分のためになったのかなと思うことができました。

結局、30人ほどの人が発表してから、審査が始まりました。応募者がステージに立つと、興味がある出版社の人が札をあげてくれます。札があがらない人もいましたが、私に札をあげてくれる出版社がありました。

そして、出版社の社長に直々に打ち合わせに来ていただいたりして、とんとん拍子で出版することが決まりました。

しかし、私はなかなか書き始めませんでした。正直、自分が本を書くと決めたのに、まったくやる気が出なかったのです。すべてを後回しにしていました。

ブログから始めては？　と提案されたが

そんな私を見かねて、母は愛甲昌信さんという出版コンペで名刺交換をした人に連絡をしました。その人は動画制作を主な仕事として活動しています。コンペが終わったあと、一番に私のところに来て、名刺をくださったのが愛甲さんでした。「発表、素晴らしかったよ。何でも協力するから連絡してね」と言ってくれた方です。

母がその人に連絡し、早速、1週間に一度Ｚｏｏｍ（ズーム）でミーティングをすることになりました。まずは私の脳みその引き出しから材料を出すという作業が始まりました。その人の聞き出し方がとても上手だったので、自分でも気づかなかった部分が出てくるようになりました。

Ｚｏｏｍを始めて1カ月くらいで、大体自分の考えが整理できてきました。

でも、今まで本を読むことも少なく、文章を書くことも少なかった私が、いきなり本を書けるわけもなく、まずはブログから始めました。

彼と母に、毎日1ブログを出すという約束をし、YouTubeなども撮影しながら本の材料となるものを作っていきました。

しかし、私はブログを更新することができず、毎週、Ｚｏｏｍで謝ってばかりでした。母にも「ブログを更新しないとだめだよ」と言われる日々が続きます。

私は、なんであの時、本を出すと決めてしまったんだろう、とまたも強く思うようになりました。

「書く」と言ってしまった本当の理由

愛甲さんには私の本音をすべて話すという約束でした。なので、私は、

「正直本を書きたくない。ブログもめんどくさいし」

と言いました。彼は優しく「そうだよね」とうなずいて、

「咲ちゃんは、お母さんが喜ぶと思ったから、本を書くって言ったんだよね」

と言いました。自分ではわかっていませんでしたが、愛甲さんの言うことが図星なことに気がつきました。出版コンペに出た時は不登校で、その後、高校を辞めたので、少しでも母が喜びそうなことをしようと思ったのです。

だから、正直本なんか好きでもないのに、母に「本書いてみる？」と言われて、

「書きたい」と言ったのです。

しかし、思いがけずコンペに通り、引き下がることができない状況に追い込まれ、たくさんの大人の人たちを巻き込んで契約することになってしまいました。

愛甲さんは、なかなか本を書くことに前向きになれない私に、

「じゃあ、お母さんから離れるために、本を書きあげよう」

と言いました。以前、私が母に過干渉を感じることがある、と伝えたことがあるからです。本を書きあげることができたら、少しでも〝子どもじゃない〟ということを確認してもらえるとも思いました。

敬語を使いたくなった大人との出会い

大阪で行われた出版コンペの懇親《こんしん》会でも、忘れられない出会いがありました。初めて心から尊敬でき、「敬語を使いたい」と思える大人に出会えたのです。

小林麒麟さんというその方は、コンペでのスピーチを聞いて私の考えに共感してくださり、「僕は自分の会社を手放してでも、これからの若い世代の人たちのために、本気で日本を変えたいと思っているんだ。咲さんにも協力して欲しい」と声をかけてくれました。

小林さんの話は、これまで聞いたことのないほど壮大なものでしたが、声や表情から本気さと熱意が伝わってきます。そんな人に出会えたことが心から嬉しくなり、感動し涙が出ました。50代のその方と10代の私が、年齢を超えて、涙を浮かべながら、これからの夢について夢中で語り合いました。尊敬してやまない小林さんは、今も同じ目標に向かっている私の同志でもあります。

すべては「運命」!?

結局、私は「本を出すのは運命なんだ」と受け入れることにしました。

すべてを運命という言葉で片付けるのはどうかという意見もあるかもしれませんが、どんなに嫌なことや辛いことがあっても、「これも運命」と受け入れると楽になると思っています。

もしここで書くことをやめたら、この先、どんなことも乗り越えていけない。「書かないといけない」ではなく、人生の課題として受け止めることにしました。

むしろ、15歳、16歳でこんな経験ができたことに感謝しなければいけないのだと思います。

私は16年しか生きていませんが、本を「書かねばならない」のではなく、いろんな人に私の声を聞いて欲しいと思えるようになりました。そして、この本を私は、「大切な友達に宛てて書く手紙」だと思って書いています。

4 何があってもそばにいてくれた家族

中退、一人暮らし、どんな時も支えてくれたのは……

やっと気づけた家族のありがたさ

「私は、この両親の子どもで本当に幸せ」

そう思えたのは、自分を愛せるようになって、自分に自信がもてるようになってからです。

それまでは、自分が幸せだということに、気づけていませんでした。

私の家は父と母、5つ上の兄の4人家族、7歳の猫と1歳の犬と暮らしています。

父は世界を股にかける自由人

父を一言で言えば、変人か宇宙人です。そして、本当にぶっ飛んでいます。兄に対しても私に対しても、「高校なんて行くな」とずっと言っていました。

父のすごいところは、行動力と自分のペースを崩さないことです。

掃除でも徹底的にきれいにします。

父は「良い仕事ができる条件は、綺麗な空間だ。だから、部屋が汚いと落ち着かない人間にするために、子どもの時から綺麗な部屋で過ごさせることが大切だ」と言っていて、我が家は父が毎日掃除をしています。

私は小学生の時から、父に家の掃除を必ずするように言われていました。

父と母が仕事から帰ってくるまでに洗濯物、洗い物、掃除をすべて終わらせることになっていました。

その代わり、その言いつけを守っていたら、あとは何をしても自由でした。

父のおかげで、私は今、主婦並みに家事全般ができるようになっています。今では家の掃除だけではなく、ご飯も作ったりしています。

父がよく言っているのは、

・理不尽なことでも、我慢できるタフさをもつこと
・みんなが一斉に同じことをしている時こそ、危険。その裏を考えること
・歴史は繰り返される。母国の歴史を学ぶこと
・多くの人は、一部の権力者に、裏で洗脳されている
・何事も日本ではなく、世界の目線で見ること
・仕事とは、人を幸せにすること
・厳しく怖い人ほど、本当は優しい
・強くなければ、大切な人を守れない
・パパはママのために生きている、ママは綺麗だ

ということ。

釣りのプロでもあり、〝磯まぐろ〟という魚種で、世界一の記録をもっています。

釣りは機械などを使わないでするスポーツです。私が幼い頃は私をおんぶしながら、生駒山の頂上まで走ってトレーニングをしていました。また、父は仕事で海外へ釣りに行っていたので、外国から見た日本のこと、戦争のこと、日本人の良さなどをよく話してくれます。

つい最近も、「今までの世界のバランスは跡形もなく崩れていく。これからの時代は、アフリカだぞ~。咲、お前は一人でアフリカに行ってこい。楽しいぞ」と言われたばかりです。

私は父に似ているそうです。自由じゃないと生きていけないところや、考え方、歩き方も似ているそうです。誰も挑戦していないようなことをする性分は、父譲りかもしれません。父も、やると決めたらとことんやります。

母は私に甘い親友のような存在

正直に言うと私は、母が他人だったら絶対に嫌いなタイプです。

しかし、母は父とは反対に、私をとても甘く育てていました。私のしたいことはすべてやらせてくれて、私が欲しいと言ったものは大体買ってくれていました。

そんな母と父だったので、いい感じに釣り合ったんだと思います。


母は私にとって、大切な家族であると同時に、親友みたいな存在です。

いつでも私の味方。一人暮らしの時も、ときどき愛犬のツキと一緒に遊びにきてくれて、食料を買ってくれました。

母は長年、歯科医師と心理カウンセラーをしています。『強運は口もとから』（松谷英子著、みらいパブリッシング刊）という本を出していて、今は2冊目の本を執筆中です。

職業柄、多くの患者さんに食事指導をしています。

我が家の味噌は母の手作りで、ご飯も無農薬の玄米です。一人暮らしをしていた頃の私は、慢性的な頭痛や突然襲ってくるイライラがありましたが、自宅に戻り、母のご飯を食べるようになってから、その症状はまったくなくなりました。身体というものは本当に正直です。あらためて「食」の大切さを感じました。

母の料理は、私にとって生きるエネルギーです。

兄は困った時に助けてくれる存在

兄と私は5歳離れていて、今は長野県の歯科大学に行っているので一人暮らしをしています。年に2回ほど帰ってきます。

兄は家族の中でも一番おだやか。

誰にでも優しく好かれやすいタイプのため、高校でも友達が多く、毎週日曜日はよく6〜7人の友達が泊まりにきていました。

兄は公立の小学校に通いました。そして、中学受験をすることに。

しかし、中学校がとても遠く、また校風が合わなかったため、1年も経たずに地元の公立中学校に戻ることになりました。

その兄と私が通った高校は、入学すると偏差値が10上がると言われている有名な進学校でした。でも、別名「牢獄」。私は兄の楽しそうな高校生活の様子と、偏差値が10上がるなら、と同じ高校へ進学しました。しかし……。

兄は私が幼い頃におむつを取り替えてくれたり、私の世話係りをしていました。昔、私は「お兄ちゃんのお嫁さんになる」と言っていたそうです。

兄の名は『福』といいます。名前のように本当に平和主義者で、いつも友人に囲まれている兄を見てすごいなと思っています。最近はあまり連絡を取っていませんが、一人暮らしの保証人を頼んだ時のように、何か困ったことがあったら助けてくれる存在であり、兄がいてよかったと思っています。

そんな我が家の家訓

我が家には家訓があり、家の廊下の壁に飾られています。

「愛する」「強く生きる」「責任」「誇り」の4つの下に、「日々、怠るな」「日々、努力」「日々、挑戦」「日々、笑顔」「日々、楽しむ」と書いてあります。

「怠らない→努力→挑戦→笑顔→楽しむ」の順番で人生は流れていくそうです。

この意味が、自分が仕事を任されて店長として働くようになってから、よくわかるようになりました。

一人暮らしを許してくれてありがとう

一人暮らしをする時、母は「辛かったらいつでも帰っておいで」「何かあったら連絡するんだよ」と泣きながら言ってくれました。

母にとって、娘の一人暮らしは本当に心配だったらしいのです。

しかし父は大賛成。16歳の私を家から出すことは、普通なら許してくれないと思うのですが、父は笑って「それは本当に良いことだ！ 出ていっていいぞ！ たくさん経験してこい」と、すぐに許してくれたのです。

後から母に聞いたのですが、父は「何歳になってもどこにいても信じるしかないし、早ければ早いほどいい」と言っていたそうです。

未熟でワガママな私の一人暮らしを許してくれ、見守ってくれていた両親の大きさに今さらながら感謝しています。


恵まれている時は、普通のことがどんなに幸せなことかを忘れてしまいます。


私は家を出てから、さまざまな家庭の親の話も聞きました。世の中には、信じられないほどに身勝手な親もいます。今は自分の恵まれた環境に感謝することと、自分がやりたいことに巡り合えたことにも感謝して、まずは一人前の仕事ができるように頑張っていこうと思っています。

そして、高校を辞める時に母と約束した「高等学校卒業程度認定試験」にも、そろそろとりかかろうと思っています。

人生には、友情、人のぬくもり、絆、勇気、悲しみや絶望、這い上がる強い心、折れない翼、愛し愛されることが必要だと思っています。16歳で歌手デビューをしたChris coul（クリス・コール）の歌詞。私のことを支えてくれた歌詞です。

俺なら上を目指し波にのって
駆け抜ける
Touch The Sky
高いのぞみを掲げてる
折れずに辛抱強く
いらねぇもんはすべてブロック
準備はOKすでにうごく
リズムに乗せて響かせる音
少しずれたらすぐにチューニング
音の強弱つけてだすアクセント
目隠ししながらかくれんぼ
感じたらすぐにロックオン

Let's go
もう負けはしないから
いききるから
やりきるから
上がりきるなら
それでいいよな
同じあやまち
繰り返すな
振り返るな
おかしな話
分かりきってる
ありのままで
貫く熱い思い
無我夢中になって
歌ってる
Let's go
もう負けはしないから
いききるから
やりきるから
上がりきるなら
それでいいよな

初めてなのにそんな気がしない
目に見えるものだけじゃ分からない
時間をかけて掴み出す
何かのきっかけこれがかなめ
また距離が離れ
まぁこれも全部何かの縁
これからしていくステップアップ
荒波強風喰らわないアンカー
何事にも動じないあんたみたく
日に日に経験思いいだく
こっから一気にきりひらく
思いも全部さらけだす

Song

By Chris coul

今更気づいた　いや　薄々気づいてた
甘え過ぎてた
出来てるつもりで　全部逃げてた
まだ足りてない　限界なんてしらない
支えてもらった分　次は支える番
これからも戦い続ける自分との勝負
止まることを知らない Don't stop movi'n on
感謝と悔しさで動いた歯車

強く握りしめた手
不安のなかにある強く決めた決意
真剣な目つきから感じとられる熱意
隠したつもりのあからさまな表情
どちらにせよ結局は天秤にはかる
頂上目指すには少し時間がかかる
心の中で揺れている松明
言葉を心と脳に配達
やるしかねぇ　この引けねぇ勝負
汚染されたこの世界でする　いかれた冒険
惹かれたもんには　一途な挑戦

暗闇に落ちたとしても
立ち止まらず進んでみれば
いつか必ず光がみえる
その光が消えることのないように
よそ見せずにつきすすんでく
Walk this way
通るぜ　道空けな
勢いつけて飛びつき離さない
Chance
何事も挑戦
当然はなから諦めるわけがない
腹から声出し見せつける
センス

またあげていく 自分の Mind

Just one time just one time
今は笑って 泣くのは後

Just one time just one time
1 回きりの この人生

Just one time just one time
今しかないから 羽広げ

Just one time just one time
どこまで羽ばたけるかは 自分次第

おわりに

嵐のような1年間を経た私が今、大切に感じているもの。

それは「信頼」と「出会い」です。

この本を読んで、一人でも多くの人が自分を好きになって、

「今の私が一番番好き」

「生きていくことが楽しい」

と思ってもらえるよう、精一杯の気持ちで書かせてもらいました。

出会いが、1秒でもずれていたら、今の私は存在しません。

人生はそのちょっとした差の連続で繫がっていることを、感じています。

今も私は、本当は臆病です。

でも今は「迷ったらやる」と決めています。

どうしてもタイミングが合わなくてできなかった歌も、今後、挑戦してみたいと思っています。


私はまだ10代で、世の中は知らないことだらけです。

でも15歳、16歳だから見えることもありました。

ちっぽけなプライドなんて、今すぐ捨てて、自分がやりたいことを見つける努力、そして、出会った人を幸せにする努力をして生きていこうと思いました。

15歳から16歳にかけて私が経験したこの1年は、きっと生涯忘れることができない「宝物」となるはずです。


人生は何が起こるかわからないから楽しいし、自分が動いた分だけ、目の前や未来が変化を起こしていくことも、知ることができました。

何かを待っていてはいけない。

自分から動かないといけない。

好きな人を作って、大好きな友人も貪欲に作っていく。

そうすれば、

時には、絶望や裏切りもあるでしょう。

でも、それは神様からの宿題だと思います。

どん底に落ちれば、あとは上がっていくだけです。

この1年の経験を通して、私は、

「為せば成る、為さねば成らぬ何事も」

「行雲流水《こううんりゅうすい》」

この言葉が好きになりました。

行雲流水とは、空を行く雲や水の流れのように自然体であることであり、
ことを意味しています。

私は肩の力を抜いて、大好きな人たちと大好きな仕事を続け、学ぶことを続けていこうと思っています。
楽しい流れのままに身を任せます。

本当に最後まで読んでいただきありがとうございました。
最後に、すべての人に感謝して、この言葉を届けます。
あなたなら、きっと大丈夫！
あなたは、すごい人なのだから！

松谷　咲

発刊に寄せて

自分が自分を好きでなくなること。私が人生の中で一番恐れていることです。

「健康に産んでくれてありがとう。今まで幸せに育ててくれてありがとう」

ある日、16歳で一人暮らしをしていた娘から届いたメールです。

その後、娘と連絡が取れなくなりました。

私は愛犬ツキを車の助手席に乗せて、パジャマのまま泣きながら運転し、娘のアパートへ向かいました。脳裏には、最悪なことが浮かんでは消え、娘との想い出や、最後に会った時の様子が頭の中でグルグルと走馬灯のように回っていました。

昨日まで元気でも、会えなくなる人がいます。交通事故で会えなくなった大切な人の想い出、すでに空の上に旅立ってしまっている大好きだった人たちのことを思い浮かべて、どうか娘を見守っていてください、どうか助けてあげてください、と何度も何度も心の中で祈っていました。

もし娘に最悪なことが起きたとしても、私は受け入れて生きていかなければいけない。一人暮らしを許した時に、何があっても受けとめる覚悟をして見送ったのだから。

でも、二度とあの笑顔に会えなくなるのは嫌！　と思いながら車を飛ばしました。

その時、私が尊敬しているある方の言葉が、頭をよぎりました。

「子どもっていうのはね、生きていてくれるだけで充分なんだよ」

その言葉を初めて聞いた時はピンときていませんでしたが、このような状態に陥り、その言葉の深い意味が腹落ちしました。


車を近くのパーキングに停め、愛犬を抱いて、猛ダッシュで娘の部屋へ!!

ドアは開いていました。すぐに救急車を呼ばなくてはいけないかも、どうか無事でいてくれますように……と。

部屋に入ると、そこには出かける用意をしている娘の姿があり、髪をドライヤーで乾かしているではありませんか。

「どうしたの？　何？」と、ドライヤーを片手に振り返る娘。

拍子抜けした私は、その場に座り込んでしまいました。

「だって、あんなメールを送っておいて、連絡が取れないから……」と言うと、「なんで？　だって、そう思ったからメールしただけで、それでなんで、そんなに心配するのか意味不明なんだけど」と、呆れ顔の娘。

人は多くを望みすぎます。普通のことが普通に流れていくことの大切さを、身をもって思い知らされた瞬間でした。


「もう一緒に暮らしたくないから、引っ越す場所も決めたから」

12月の寒い冬の日、娘からそう言われ、言葉を失いました。まだ16歳の女の子が家を出て、変な大人に騙されたらどうしよう、悪い男の人に引っかかったらどうしよう、と嫌な想像が頭をよぎりましたが、子どもの未来を広げていくにはもう、手を放さなくてはいけないと悟りました。

この本でも書かれていますが、「期待」と「信頼」は違います。

それを娘から告げられた時、子どもの可能性をいつの間にか奪い取っているのは、近くにいる大人や日本の常識なんだと気がつきました。親は子どもが可愛くてしかたがないものです。つい手を出したくなります。

しかし、大切に思うのであればなおさら、勇気と覚悟をもつことです。

娘は、〝高校へ行かない〟という選択をしましたが、「今、世界一の幸せ者だ」と心の底から素直に言っています。

この本には、自分を大好きでい続けること、いかに自分らしく生きていくか、たくさんの〝種〟が散りばめられています。この本で一人でも多くの方々が、今の娘の口癖のように「私が私でよかった」と思い、輝いて欲しいと願っております。

最後に咲の母親として、改めてお礼を伝えたい方々がいます。いつも娘を支えてくれているお友達のみんな、中学校のN先生、お世話になったアルファ塾の朝本塾長、勤務先の社長さん、私のクリニックのスタッフのみなさん、他にもたくさんの方々に愛で守られていることに感謝しております。本当にありがとうございます。

そして、逃げずに最後までやり遂げた娘の咲には、「本当によく頑張ったね。偉いね！　すごいね！」と伝えたいです。

最後まで読んでいただき、感謝いたします。あなただけの「奇跡」がきっと起こるはずです。人生は冒険。思いっきり楽しんでくださいね。

咲の母　松谷英子

著者プロフィール

松谷 咲（まつたに・さき）

16 歳の中卒。2006 年生まれ、大阪府在住。
4 カ月で進学高校を中退し、極貧 1 人暮らしを経験。
居酒屋など 8 種類のバイトを経て、現在タトゥー彫り師。

偏差値教育に耐えられなくなり、『高校に行かない選択』をした。

高校卒業程度認定試験を受けて、海外へ 留学予定。

若者の自殺を減らして「私が私でよかった」と思える人生を YouTube で発信中。

書道では、毎日新聞書道コンクールで全国大会優勝。

15歳《さい》の叫《さけ》び あんな大人《おとな》になりたくない

10代《だい》の自分《じぶん》を最高《さいこう》に好《す》きになる方法《ほうほう》

2023年8月29日　初版第1刷

著者　松谷《まつたに》 咲《さき》
発行人　松崎義行
発行　みらいパブリッシング
〒166-0003 東京都杉並区高円寺南4-26-12 福丸ビル6F
TEL 03-5913-8611　FAX 03-5913-8011
https://miraipub.jp　mail：info@miraipub.jp

編集　前窪明子
ブックデザイン　則武 弥（paperback Inc.）
発売　星雲社（共同出版社・流通責任出版社）
〒112-0005 東京都文京区水道 1-3-30
TEL 03-3868-3275　FAX 03-3868-6588
印刷・製本　株式会社上野印刷所
©Saki Matsutani 2023 Printed in Japan
ISBN978-4-434-32553-3 C0036